炉边独语

孙伏园散文精选

孙伏园　著

泰山出版社·济南·

图书在版编目（CIP）数据

孙伏园散文精选 / 孙伏园著. -- 济南：泰山出版
社，2024.1
（炉边独语）
ISBN 978-7-5519-0795-8

Ⅰ.①孙…　Ⅱ.①孙…　Ⅲ.①散文集－中国－现
代　Ⅳ.①I266

中国国家版本馆CIP数据核字（2023）第094800号

LUBIAN DUYU　SUNFUYUAN SANWEN JINGXUAN
炉边独语：孙伏园散文精选

责任编辑　程　强　刘紫藤
装帧设计　路渊源

出版发行　泰山出版社
　　　　　社　　址　济南市泺源大街2号　邮编　250014
　　　　　电　　话　综　合　部（0531）82023579　82022566
　　　　　　　　　　出版业务部（0531）82025510　82020455
　　　　　网　　址　www.tscbs.com
　　　　　电子信箱　tscbs@sohu.com
印　　刷　山东通达印刷有限公司
成品尺寸　150 mm × 230 mm　16开
印　　张　13.5
字　　数　163千字
版　　次　2024年1月第1版
印　　次　2024年1月第1次印刷
标准书号　ISBN 978-7-5519-0795-8
定　　价　39.00元

凡　例

一、本书收录了作者的散文经典文章或片段节选，主要展现了作者的学术历程、情感操守，以及当时的时代风貌等。

二、将所选文章改为简体横排，以适应当代的阅读习惯。所选文章尽量依照原作，以保持文章的时代韵味，部分内容参照当下最新的整理成果进行了适当修改。

三、所选文章没有标题或者标题重复的，编辑时另行拟加或改拟。

四、对有些当时惯用的文字，如"的""地""得""作""做""哪""那""吧""罢""化钱""记帐"等，仍多遵照旧用。

目
录

南行杂记

到家了

九月六日的傍晚，我坐在飞也似的京奉车中，向着正阳门疾驰而来，心中不期然而然的得到一个感觉，是"到家了"。这是从前杜威先生一家由福建讲演回来时，三个人不约而同的感到过的。但我相信我并不受他们一毫影响。

北京有什么值得令人牵记？这个问题用理性解剖起来，我实在也没有话说。不过我一看见这四十天没有看见的北京，总觉得比初到绍兴时看见四年来没有看见的母亲还要亲昵，那么"到家了"这个感想，不发生在绍兴轮船将到西郭门的时候，却发生在京奉火车将到正阳门的时候，似乎也同出一源的了。

我在正阳门一下车来，看见样样东西都是我所愿意看见的，即如拉车的兜客，似乎也比绍兴的"少爷！坐得我个（的）车则（子）起（去）者唧（了罢）！"好听得多多。这个理由连一句话也讲不出；若要勉强说起来，或者可以举一个象征。北京是一株极大的枯树，下面长出一支嫩绿的新芽；而我此次经过的各处，绍兴自然更甚，却全是一蓬乱草，要整理也无从下手。或者因这一点不同，我便发生"到家了"的感想。

我是不承认生长的地方为家，也不承认久居的地方为家的。所以我觉得这次的旅行不可以称南归。我的回去是母亲重病把我叫去的，迨回京时我母亲的病还没有全好，所以旅行时总提心吊胆，觉得背上负着一担重担，与平常没有其他目的的纯粹旅行不同，所以我又以为这次的旅行不可以称南游。自己既有其他目的，那么一切路上的观察和感想，难免受这个目的的影响，这是我自己也知道的，但因为保存他的本色，有许多地方索性照着感想时录出，并没有修改，因此文中侧重感情的话或者更多了。

我不出京门一步既四年了，所以满想借此旅行找点材料，但后来，坐在京奉车上，经验便告诉我一切都未必成功。原来旅行之所以可贵，全仗有健全的身体，健全的精神，尤当有客观的态度。像我这一次的样子，这三个条件连一个也没有具备，所以自己也觉得完全给这许多材料战败了。酒量窄的人，容易酒醉，久饿的人，据说又容易饭醉；现在知道能力薄弱的人，一旦感受知识太多了，还会患一种知识醉。我实在受不起这么多的知识，所以被知识醺醉了。我醉中时时想念着大社会学者、大人类学者和大诗人了。他们有那么大的学问，因为就近找不出材料，所以要跑到非洲去；我们呢，有了这许多材料，却没有力量享用。

迨感过"到家了"这个感想以后，又想从醉中追找一点可找的材料，把他记录下来，总算不虚此一行，这结果就是下面几篇小东西。

战　氛

仲密先生写信给我，每每谈起山寺中的战氛，使我发生一种感想，以为不但山寺，凡属人类足迹所至的地方——甚而至于凡有生物的地方——大概没有不弥漫着战氛的罢。不过我不是诗人，因而我对于战氛的见解也不与诗人一样。我以为战氛弥漫着太空，并不是悲惨的事情；好战原是生物的本性，也是生物所以能进化的惟一原因。战氛尽弥漫着好了——只要不残杀同类。

生物中同类自相残杀的很少，最厉害的莫如人了。我们做人类一分子的，应该用力消除这同类相残的战氛，并且为生物本有的好战性质找一个相当的对象。我以为这对象便是自然。

诗人爱"自然"，我不爱"自然"。我以为人与人应该相爱，人对于"自然"却是越严厉越好，越残酷越好。我们应该羡慕"自然"，嫉妒"自然"，把"自然"捉来，一刀刀的切成片段，为我们利用。

爱"自然"的朋友们："自然"不是好爱的呵。这回淮水南北的人们，可谓饱享了自然之赐了，几千几万的兄弟，那怕你不愿意的，也硬要你"与自然同化"了。这是爱恤"自然"的报酬。人不杀"自然"，"自然"便要杀人了，你知道吗?

我用这个根本观念做标准，去观察评判这次经过各地的种种感受，这标准就是：人与人的战氛几等于零，而人与自然的战氛却达于最高度的，这是好的；反是，人与自然的战氛几等于零，而人与人的战氛几达于极高度的，便是坏的。

例如江北的人们，只知拔几根"自然的汗毛"来盖屋，对于自然可谓爱护极了。但是据龚宝贤君对我说，这种草舍到第二年拆卸下来，腐草中尽是三寸来长的软虫，就此一端已经够可怕了。倘使你很起心肠，去剥下"自然"的皮来盖屋，三寸来长的软虫就不会光降了。"自然"还该爱护吗?

这是江北人对于"自然"的和平态度;战氛之薄,可谓几等于零了。但是他们人人相互间的待遇又怎样呢?我离开浦镇的前一天晚上,一个惨痛的消息飞来了。

工厂里工头要荐一个私人入厂。厂中却正没有位置。他一看只有扬州老五是个孤帮,还可以使点手段。但是当这江北一带生计困迫的局面,要找工作何等为难,讽他辞退是绝对没有希望的了。他于是妙想天开,对厂中同道伙计四五人都暗地说好了,一待老五下工时候,有意同他寻衅,不问皂白,先把他打个半死不活,然后钻出和事人来,给他抬到医院。

伙计们遵命办了。到医院时,他们问他:

"你辞工吗?要辞工,我们可以给你代辞的。"

"不辞!一辞没有饭吃了,女人小孩子都要饿死了。"

"你自己性命都要没有了,还要管女人小孩子!"

"我不辞!我要问工头……"

伙计们一看没有话可以同他讲,大家都溜走了,一面且将私人叫来在厂中先行工作。数天以后,老五的伤痕渐渐好了,走出医院来想与工头理论前事。工头老实对他说:"你难道吃了这个教训还不够,一定要把两颗眼珠断送的吗?"

老五记起两月前一个工人被挖去眼珠的事,便只得忍着气懒懒的走出。一切都完了。

这是他们人与人的相待!

凡是放弃"自然"不肯去杀戮的人,他的好杀的天性一定要找到同类的人来发泄。同类相杀的人恐怕一辈子只配住草屋的,因为他们把爱人类的爱情误爱了"自然"，对于"自然"连掘一点黄泥来烧瓦的残忍心都没有了。

天下惟至弱的人才杀人，好汉应该杀自然！

大　水

津浦路的固镇，新桥，曹老集，蚌埠，门台子，临淮关，板桥，明光等各站附近的一带，今年闹出了一场极大的笑话，无论如何不可不记的。这就是淮河的汛溢。

我在北京是七月三十日下午动身的，八月一日经过江苏安徽境内，就看见有大水的痕迹：稻穗已经成熟了，只待人早晚便可收获，水却把他淹没了半茎；低的地方，连成熟不成熟也看不出了，只露着几片青叶，表示这水下面原来也是稻田。房屋，树木，电杆，这时候都变了我的测水深浅的器具。啊！这边二尺，那边三尺，那里还有几乎半电杆的呢。可是这些东西谁也不来管领，只是懒洋洋让他摊着。

这是我南行时的景象，是长江大水的遗痕。迨我回来，可就大不相同了。八月十六日我在绍兴动身，经杭州而到上海。十八日离上海，而十九日上海便大遭飓风之灾了。从此，风呀，雨呀，长江的大水呀，把我紧紧的困在浦镇者共十三日。长江沿岸雨量本多，益以八九月正是雨季，我在浦镇十三天，足迹不能下楼梯一步，简直可说是悄悄的伴了十三天的风雨。本地人不论男妇老幼，谁也卷起裤腿，在水深二尺的街道上徒涉。

我初得津浦车被淮水冲断的消息，便跑去问车站几时可以修好，他说照例一天修好的也有，三四天修好的也有。待一等十三

天而没有开车，我似乎心中起了一种感触，以为就算天下至愚的
人，也没有候车十三天而不想改走他道的。我于是打定主意，无
论天晴天雨，一定在九月二日动身。路呢？到北京的本有三条。
从朋友的劝告，京汉路防受战事影响，北洋轮船防有大风，最安
全的莫如仍走津浦路。九月二日早上，我的理想中的虽断犹连的
津浦路旅行便开始了。津浦车南段只能到临淮关，北段只能到固
镇，这是我所知道的。中间冲坏的一段，我知道他的轨道还在，
即使步行也要走到固镇。

临淮关将到了。呵，车旁两面，白茫茫的，是大海吗？那我
们坐的是轮船了，又何以走的这么慢呢？这时候我一生的经历样
样都想出来了，当中忽然引起了我一个记忆，仿佛这种情形已经
是经过一回了的。呵，这原是那年冬季旅行时京汉道上的大雪。
一片无风浪的水面上边映着满天的白云，这景象与大雪时可谓毫
无两样了。

临淮车站四旁，除了少数高地及铁路轨道以外，尽是一片
汪洋。站长的老太太对我说，这一块是从前的豆田，现在化为大
海了，那一块是去年的高粱地，收成很好，现在也化为大海了。
我一到临淮，本想即刻雇民船上蚌埠的。站长说："这里到蚌
埠，相隔仅两个小站，铁路一二十分钟可达。民船非不可雇，不
过极危险。遇逆风时，竟能慢至六七点钟，代价至少也要八元或
十元。好在津浦路后天能通了，你不如暂住临淮两日。但是，我
知道临淮几个客栈都住满了。地下房不必说，早已是半屋的水；
楼房能租人的，每晚至少十元一榻，但已经没有隙地；就近的医
院，也已住得很拥挤。"他硬留我在他车站暂住，我也只得住

下了。

总工程师拍来电报，九月四日可以通车，不过乘客到门台子须步行一段，约计半里，行李则叫浦口事务所派三四十人到地搬运。北行车开到门台子，由北段派空车来接，南行车则叫南段也照样办理。这是初二三的消息。初四早晨，消息又变了。乘客不必下车，门台子危险的一段轨道，上面放着空车数十辆，北行车开到门台子，与空车相接，北来的空车也与轨道上的空车相接，乘客行李等等，只须全在空车中行走，这样便省事多了。但一到下午，方针又变，车到门台子，将车头移到车尾，慢慢的把列车向前推去，推过危险地点，再由北段预备的一个车头把列车接去。如此车头斤量较重，可不经过危险地点，而乘客与行李，均可不废搬运的麻烦了。

门台子到了，一切都照计划实行。轨道两旁的大水，自然比临淮更甚。水深浪大，助之以风。轨道震动，上及车身。道旁为风浪冲坏之处，全用车站附近的石墙拆来填补。车行之慢，几乎不及人的步行。乘客都懔懔然，甚至不敢出声。如此四五十分钟，难关渡过，这才到了蚌埠。蚌埠以北，本来是第一次冲坏的，现在早已修复，没有什么危险了。

如此一场大水，我所以当他一个大笑话看，不用说，因为这完全是由人自己招来的。我们只要看成灾以后，那班人的态度，便可知道他们对于生命的不以为意了。安徽实业厅派了一个人到各属来调查实业，据他说，他路经临淮时候，见有一所大屋，顶上站着七八人。水离屋顶仅三四尺了。他对他们说：

"我船中只有一主一仆，空着呢，你们可以到我们船中来。"

"不要下来，站在这里不打紧的。"

"为什么不要下来？"

"屋内都是家具，水退了恐被别人拿去。"

"水还要涨呢。性命都快不保，怎么还管家具？"

"不！已经问过神明，水快要退了。"

两天以后，船再经过这个地方，屋子也没有了，人也不知去向了。淮水下流，五六个七八个用汗巾或裤带绑着的死尸，是常常看见浮过的。他们说，这是因为一家人宁愿死在一起，不愿离散。那屋顶上的七八位，料想后来也变作七八只虾蟆模样的一串，浮出淮水漂到东海去了。

这是他们对于生命的见解。

除了这些人以外，那向着自然挣扎，正如大水中的草木的，自然也还有不少——或在船中生活着，或在高地上搭起草舍来生活着那挣扎不过的，便和挣扎不过的草木一样，俯首往死亡的路里去了。

遇见天灾，人也会和草木一样的挣扎，我看了觉得有生之物对于生命都具同样的热诚。但我所不满意的，人之所以异于草木鸟兽，是在他对于自然，除肉体以外，还能用精神挣扎，除自己以外，还能为他人挣扎。大水来了，大家各自逃命，非但同种族同乡村的人可以掉头不顾，就是父母兄弟妻子也可以顷刻离散，挣扎能否得到美满的结果，看各人挣扎的力量，这与草木鸟兽有什么区别。

我希望受灾的人们，从此得到教训，顶好先同心合力的设法防堵。天灾没有不可以用人力预防的。我试问：自以为有一点儿文明的人所居的地方，是不是应该让河流永久无边的？地球上没有人类的时候，水自然放胆流着好了。但人有人的能力，能把河流引入一条规定的道路，使他不向外面泛滥。现在中国的大河，其流法还是甚古，水势大时江面也加大，小时江面也减小，这种样子，如何能保得住沿江居住者的安全呢？我希望大家赶紧拿出自己的精神来，在未成灾时尽力预防；还拿出对于他人的同情来，在成灾以后尽力救济。倘不管这些，只知大难来时各自逃命，那么天灾将未有已时，而人类将永为自然的俘虏了。

津浦车中一个女孩子

南行的津浦车上，我的坐位的近邻，坐着一对男女，从他们的举动推断起来确是夫妇，但年纪的相差似乎太甚了。男的和我谈话，一问而知为天津的商人，挈眷回广东去的；那女的不过二十岁上下，穿着粉红色的衣服，粉蓝色的裤子，不系裙，并且脱下男人式的皮鞋，把两脚搁在对面凳上，似乎显出十分广东人的神色。远远的相隔两三（比）〔排〕坐椅，还坐着一个十一二岁模样的女孩子，戚戚的面色，看着那一对男女，似外人，又似自家人。是外人吗，仿佛中间有一条无形的线牵着；是自家人吗，却又比外人还着实恐惧，而恐惧中又含着几分憎恶。两夫妇吃面包了，那男的也客客气气的递给我一个，我婉辞了，然后他转去凶恨恨的递给那女孩子一个。我看出他这凶很很的神色，只是装给他的女人看，我遂明白这三个人的关系是怎样了。

晚上九十点钟时分，女孩子早已毫无挂牵的，安然的独据一个椅子睡了，这时候两夫妇也全不理会。那男人的勇气，虽然也能跳下车去买点零星食物来供两夫妇共吃，但要抛开了这妇人，或说妥了这妇人，分出一点功夫来去爱那本性要爱的孩子，据我看来，却是梦想不到的事。他虽然也间或偷眼去望那孩子是否招冷，但也并不拿点东西给伊去盖，一直懒懒的在"父性的爱"与"夫性的爱"的歧路上睡到天明。

次日午间，车将到浦口了，各人都整理自己的身面。这小孩子也受着男人的命令，叫伊自己梳过发辫。伊轻轻的走到他们身边，用着大力从椅子下面拖出一只笨重的皮箱来，从箱内取出梳子和刷子，悄悄的自己梳刷，一直到自己打好发辫，将梳子和刷子再向皮箱中藏好。这时候男人固然不惯这种梳沐的事，只能在旁呆看，那女的也不但毫不援手，反用恶眼斜看伊，冷脸嗤笑伊。同车的许多旁人呢，谈天的也静止了，瞌睡的也醒松了，只是张大了眼睛，陡起了精神，注视这三个人的一角。我从他们眼光里，看出他们的脑子也不绝的在那里工作；我痴痴的想，要是此刻没有机轮转动的声音，我们一定能够听出各人思想转动的声音了。

这女人极寡言笑，即不是对于孩子，他永远板着面孔。伊的丈夫因为他们的茶壶里没有茶了，拿着杯子到我这边来倒了两杯，一杯他自己喝，一杯给他的妻子。伊喝时显出一种神气，不是感谢丈夫给伊倒茶，也不是对于给他们茶者有所表示，却依旧板着面孔，带点愤恨的样子，仿佛说，为什么我们自己没茶，却要去喝人家的？我看出了一部分伊的性质，推想伊对于孩子，并不增加多量的仇视的感情，因为伊对于一切都仇视，这是有别的心理上的原因的。

有这一种性质的人，做了后母，自然容易显出十分后母的彩色。但我以为前妻所生的子女，对于后母算不算是子女，实在是一个问题。他们虽然是伊的丈夫的子女，但也是伊的情敌的子女，并且决不是伊自己的子女。既不是伊自己的子女，叫伊从什么地方爱起呢？母亲对于子女，自然有伊的世间最大的母亲的爱；平常女人对于平常孩子，自然也有他们的广泛的母性的爱；但这都非所论于后母对于前妻的孩子。要伊用母亲的爱吗？他们并不是伊的孩子。要伊用母性的爱吗？名义上他们却是伊的孩子，又不能用普通母性的爱来爱他们。在这个难题上，再参和一点后妻对于前妻的妒的分子（前妻虽然死了，后妻对于伊的妒心是事实上常有的），于是乎后母对于前妻孩子的态度造成了。

所以我说，要是世界上有一种承认人们可以再婚的制度，同时必须有一种规定儿童公育的制度。倘像现制度的模样，人必可以问，制度将何以处前妻或前夫的孩子？

故乡给我的印象

同乡许钦文君解说怀乡心的话很妙。他说大概几十年的老出门者，还有吃不便，用不便，听不便，说不便等故障，而出门时一定非带干菜火腿做路菜不可的，这种人的怀乡心一定极浓厚。我是向来不喜欢带火腿干菜出门的，怀乡心之薄，照他说来也是当然的了。

我对于故乡，虽没有浓厚的感情去怀念他，却也并不想用愤怒的感情去憎恶他，正如不想憎恶任何地方一样。但觉得他对于我也未免太薄待了：为什么没有一点儿好的印象给我？

现在我把这次他给我的印象拉杂的算起总帐来罢。

我母亲患的是半身不遂的病，我一到家以后，就主张赶紧看西医。亲戚们一个说，西医吗，某人也是同样的毛病，后来给西医医死了。又一个说，某人本来做染匠的，后来在西医身边跟了两年，现在也做西医了，西医在这里是没有人看得起的。他们都想了种种文不对题的话来抵御我。虽然后来我用病人儿子的资格，总算竭力的把他们说服，但我从此知道乡人对于生命，虽也不是不知道保护，但还凭借着习惯与成见，甘心向死路里撞去，和科学相去还很远呢。还有那等而下之的人们，忽而送仙丹来了，忽而送神药来了，忽而有人主张算命了，忽而有人主张念佛了，这些东西虽然不像毒药一般的就立刻会把人杀死，但只消略一服从他们的好意，也已够得我们病人和侍病的人头昏目眩了。你拒绝他们吗？他们真真是出于好意。你也用好意开导他们吗？那里来这许多的功夫。没奈何尽我的力量有形的无形的破坏，打定主意无论能破坏多少都是好的。

五年前我将要离开故乡的时候，城里一个老岳庙忽然遭了火灾。人们都放大胆子说：这怕什么呢？神明不要住旧屋，有意把他烧了，可以换新庙。这倒确是实情，我目见一二礼拜以后，认捐者的芳名，已在庙前牌上揭布了一大篇，单是捐助门槛的便有三位无名的太太。乡俗，妇人再婚者，几乎不齿于人类。社会上的悠悠之口，已经够得他们不能出头，而此外还有无形的苦痛，便是恐怕将来死后下地狱。消除后一个苦痛的惟一方法，就是待修庙时去捐助门槛。老岳庙遭了火灾，当然是那班内省多疚的太太们希求超度的大好机会，所以捐大殿门槛者竟有三人之多——但这也不消说，谁肯将真姓名宣布出来呢？所以变做无名的太太了。果然，我这次回去，老岳庙早已美轮美奂，并且香烟缭绕了。

我想，人有一种瞻顾将来的天性，妇人们尤甚，这是从生物遗传下来专为保护后嗣用的。育婴院的建立呀，学校的种种制度呀，教科书的编纂呀，玩具的制造呀，以及一切精粗大小的各种对于儿童的设备，无不是这一种天性的应用。但一走错路，把所谓将来者不看作自己的子孙，却看作本身的来世，那么什么事体都随着糟了。我到故乡以后，看见老岳庙之焕然一新，而学校之愈形腐败，不禁起这一种感想，以为前途一毫也没有希望。他们还把将来的眼光不放在看得见的活泼泼的儿童身上，却放在不可捉摸的死后的自己身上呢。

有这种统治于神权下的社会，无怪仙丹呀，神药呀，不绝的蒙那班好意的人们送来了。我当初对于中医，纯是一腔的愤怒，以为他们老是说什么金木水火土咧，风寒咧，湿热咧，捕风捉影的，听了真令人讨厌，辨不出他们是医生还是道士。后来一转念，对于他们忽然起了一种同情，以为实际上讲来，中医也正与西医一样，在这种社会里同立于劣败的地位。人们还相信吃仙丹，吃神药，不必说西医，就是中医也还相离很远呢。不过那班中医，也自有他们可恨的地方。他们对于这神权社会中的病家，非但不想鼓吹他们那半道士式的医术的万能，有时简直顺水推船，把自己的半道士式的医术也根本否认了。我从前，不是这回，听见过一个医生的高论。他因为医了不见效，便对病家说："照脉象看来，他（病人）早已没有病了。这一定是有阴人，你们赶紧安顿罢。也许是他（病人）走路不小心，冲撞了他们（阴人），所以跟到家里来讨赔的。"这明明是说世界上不应该有医生的存在，却只准有鬼的存在，可谓足够丢尽医生的脸了。但是那病家也真配听这种高论，他们听了心里比吃冰还凉爽，以为这真是好医生。在这种病家的眼光看来，这个医生确比那种中医的死忠臣，斤斤较量药味应该如何包，如何煎，如何冲者着实高明。他们其实也不相信中医，他们以为这样斤斤较量倒是虚伪，难免要医死病人。

所以神方，中医，西医，三个阶级，你若要考查他们对于那一个信仰最深，莫妙于反问他们那一个最容易把病人医死。他们一定说："西医没有一个医好的，中医次之，神方却是最灵验，真真药到病除的了"。看了这样的社会习俗，自然对于半道士式的中医，不免要起一点相对的同情了。

人家一定要问，这种社会里的智识阶级到那里去了，难道没有一个报馆输送点智识给普通社会的吗？我于是乎想起报馆来了。高一涵君说四川有二十四天以前的报看便算幸事，但我的故乡全不如此。上海的报，当日晚上，至迟次日一早，就可以看见。本地报呢，只是这一点小城，就也有四个报馆。不消说，一看那种报，很有可以使人寒心的地方。一切紧要新闻，本来照例是抄上海报的，可以不用管他。只就社会新闻而论，满篇都是刻板的文字，与刻板的内容。材料中最占大多数的，自然是金钱的争执，与男女的关系，而用一种幸灾乐祸的文笔记载出来。这种格式，大概先有一人作俑，后来凡属相类的事实，便翻查成案，振笔直抄。他们也不管是否新闻，大概只要是稿便登载。我曾在新闻栏中看见一则某人的丑史，内容是叙他去年一段娶妾的事，与今年毫不相涉。这也算是新闻！我记得芮恩施对新闻记者演说有一句话：狗咬人不算新闻，人咬狗才算新闻。像这一种某人去年的丑史，简直可以说是去年狗不咬人了，还可算是新闻吗？果然，现在中国的报纸，无论如何的能手，看见社会新闻也难免卷锋。但是大病每在找寻材料之不得法，和记载手段之不高妙。像故乡报纸所犯的毛病，似乎我在别处报上极其少见。所以要利用他们把智识输入普通社会，恐怕是很不容易的事。

我看了这种报纸虽然寒心，但总还有一点疑惑，以为乡人纵有别处人所有的种种恶的性习，甚或格外加多，但未必没有别处人所有的一点好的性习，即使格外稀少：但报纸上何以一无所见呢？这才又想到他们的刻板文章与刻板内容了。报纸上有了刻板的文章与刻板的内容，即使实际上发现了好的新闻，访者必将因其不能铸入旧模，弃之不顾；这还是小事，最可怕的是访者不但先有刻板的文章与内容，他自己身上还长着一双刻板的眼睛，好的事情他未必看得入眼。这是智识阶级的有无智识的问题了。

还有一个大毛病，我以为他们也正与现在的大多数人一样，是根本上缺少一点好意。我觉得记载手段的是否高妙，采访手段的是否得法，甚而至于有没有这样徒存形式的报纸，都是第二个问题，最要紧的是人们互相知道，互相谅解。我看了社会新闻不是客观的叙述事实，却是极带一种玩世意味的攻击个人，觉得他们除了欠缺智识以外，还欠缺一样别的东西，这大概就是我所谓的好意了。譬如说罢，某人做了一件什么坏事，这用社会学的眼光看来，考查这坏事究竟是谁做的，并不十分重要，报纸只要将他的真名宣布出来，也已尽够了，但他们却非将他的绰号宣布出来不可。拿起社会新闻来看，十条攻击个人的新闻，其中有九条是有绰号的。我不相信凡属乡人都有一个绰号，也不相信凡属乡人之被报馆攻击者都有一个绰号，那么这个加添绰号的罪名不免又要加到文人身上来了。

我也不必讳言，这个加添绰号的恶辣手段，本来是乡人用以陷害别人的。我敢说一句武断的话，近世数百年来，凡属中国人，无论住在那一省，那一府，那一县，都有被我的乡人用加添绰号的恶辣手段陷害的可能性。他们盘踞在大大小小的衙门里，好恶只随他们的喜怒，凡是他们认为可以处罪的，除了种种别的文字上的布置以外，最轻妙不费力而收效最大的，莫过于任意给罪人加上一个绰号。文字上的褒贬，起原本来甚古，孔二先生便早在《春秋》上用这种手段论人。而在一方面看这文字的大多数人，也早已种了随文字之褒贬为褒贬的毒根，以为一个人有了这样粗鄙的绰号，断断不见得是好人，就加以强盗的罪名也决不为过。于是盘踞在衙门里的人们得其所哉了。最近一二十年来，这些人的势力逐渐减杀，但是这些人的孩子们，还着实相信法政学堂是唯一的出路，蚂蚁附腥气一般的瞎撞进去，外省的人们似乎还应该紧紧的防着呢。

但是事实竟出人意料之外，害人者即所以害己。我想九泉之下的老师爷们要是有知，看见现在的本地报纸上，尽是一大篇的绰号，并且用那种毫无同情的文笔，玩世的记载他们子孙自家人的事迹，一定要号啕大哭一场。

文人的任务，是在一面将人的好的处所发见出来，客观的记载出来，告诉别处的人们，这里也有你们的兄弟，一方面将人的恶的处所发见出来，客观的记载出来，告诉本地的人们，这些是你们应该改善的。故乡的报纸，在北京少有见面，只有从前在大学门房里看见过一份封面上写着"蔡鹤卿周启明二先生同启"的外省报，从邮印上看出确是从他们的故乡寄来的；他们一个住在东城，一个住在西城，后来怎样的"同启"了一下，我终于没有知道。因此我很想在这一次南行时，顺便看看故乡的报纸，借着他和我的久别的故乡会一会面，或者介绍给大学的图书馆使别人也知道浙江省里有这样一块地方，这样一群人，在那里干这样这样的事。但是结果很使我失望。我相信故乡决不像他们记载的样子。他们是一面哈哈镜，有意把真实的人照得七凸八凹了。

看了这样的社会，我想无论什么人，一定要同样的发生一个疑问，就是，他们的教育如何？正如植物被虫吃了的时候，人一定要问："芽头萎了没有？"

前面已经说过，乡人的瞻望将来的眼光，还放在不可捉摸的来世，着实无暇顾及脚跟前活泼的小孩儿。但是因为种种关系，教育却也不能不有，于是我要先将他们对于教育的态度来说一说了。

初开学堂的时候，他们看出学堂是洋字一类的东西，所以都敬而畏之。学堂的第二个时期到了，他们觉得这是官字一类的东西了，于是乎畏而轻之。后来学堂越开越多，内容越长久越明瞭，发现这并不是洋鬼子的侦探，也不是皇帝的钦差，不过设立来教育他们的"小畜生"①的，这时候的教育真不值得半文烂铅钱了。

现在他们对于教育的态度，还陷在第三个阶级里。要整顿教育，此刻无论如何不能在教育的本身下手，最要紧的是使他们看重自己的孩子。待他们对于自己的孩子真是当人看待了，然后再使他们知道研究学问的重要。因为我常常听见有人用一句口头禅是："我们反正是经商的，读书做什么呢？"这已不是看不起学堂，也不是看不起孩子，只是把学堂与孩子看作两件极不相关的东西。因为他们只知道经商的人便不用读书，不知道经商的道理方法也要从书里面得来。

有一个中学堂和一个师范学堂，都是别人来替他们办的，好坏他们都不管，其实连怎样叫好坏他们也未必知道。从前也经过一个时期，这两个学堂都是自家人办的，但是这怎么得了呢？熟面孔最容易吃群众的亏，熟面孔与熟面孔又最容易争夺，只要走来一个远客，便什么都好办了。

这次我到家以后，有一位师范学堂的教员来看我，我便问起他们学校的近况，他说："学生们是想新的，但是缺少根据。"我当初没有细问，后来一想，这所谓根据究竟是什么，却有些答不上来，大概是说学生们不能看进化论、互助论、资本论、相对

---

① 我一点也不冤枉他们，他们十人中有九人骂自己的少爷小姐为小畜生。从这三字可以推知他们对于孩子的态度。

论一类的书罢。但是我又疑惑，中学校的学生，能够不能够，应该不应该，看这些新思潮根据的书籍，实在是一个问题。再想下去，中学校的学生，是否应该有新有旧，想新想旧，实在更是一个问题。中学教育的目的，是使学生们知道横的天然界有多少东西，纵的人事界有多少历史。要是中学教师能尽这个目的做去，我可断定中学的学生，一个也没有新的，一个也没有旧的，只是一个一个的都是预备做成人的健全胚子。所以我觉得教育学说的新旧，教授方法的新旧，都是教员方面的事，中学校的学生实在可以暂且不管。

新思想传播到乡曲，色彩本已不见得浓厚了，再加上多少的误解，结果自然只落得一场短期的空热闹。我便中走过书肆，问他们近来有什么新到的书籍。他们说："新思潮现在已经过时了，所以上海来的新书也很少。从前大大的通行过一时的，如今买的人也渐少了。"

但这都没有什么要紧。我以为感染来的新思潮，或者远不如自己发生的格外可贵。我所唯一希望的，是父兄们自己已经腐败了，千万不可再去害子弟。他们所认为宝贝的东西，千万不要往孩子肚皮里乱塞，只要让他们自己发展，那么三四十年后的故乡，一定可以不如今日的样子了。

还有许多不成片段的宝贝，似乎也很有保留起来的价值，可惜我的记忆力太坏，记载手段又太劣，不能好好的尽保留之职罢了。

现在把这些东西暂且一条条的写在下面。

一、一个钱铺子里的漂亮商人说："蔡元培真是个败家子呵！他可瞒不得我的一双眼睛。他的兄弟整千整百的洋钱汇给他，我都是亲眼看见的。这种兄弟真是好兄弟，这种阿哥真是傻阿哥！"

又一个年老点的人说："他这翰林远不如黄寿衮这翰林，一个虽然也不见得能干，总还做一任知府，携了十几万家私，他是连一任知县也轮不着！"

二、一个在北京的银行里当文书的人，议论他一个朋友的儿子的病症，说：

"这该死！这该死！他得病以前是真老悖，但是这一点好：汽水冰其林从来不上口的。我究竟没有病痛。哼，这种后生们那里肯听！他们爱时髦！

"去年，老范也上过一回大当。他学了时髦，也要看看西医。毛病并不重呵，西医却把他的头拿去到冰里面一冰，那可糟糕了。后来还是我劝他，他自己也觉悟了，赶紧请中医，吃了二钱'至宝丹'才开了窍。"他伸出两个手指，摇摇头，再说："险呵！你学时髦去！学时髦的人应该给他们吃点苦。"

三、又一个在北京银行里当收支的人，年纪也有五十多岁了，在席上闲谈，中间有一段说："所以我现在的嫖兴也大减了。第一现在的姑娘们都是大脚，看了与看男人一样，先鼓不起我的兴致！"

四、一个在上海衣庄里当经理的亲戚，问我说："现在令弟在法国做什么呢？"

"学图画。"我说。

"他跑了三四十天的路程只是为学一点图画吗？"他意以为这是我骗他的。

"他的性质与图画相近，法国的图画又有名，所以他学图画倒是很相宜的。"

"我想太不值得了，你劝改学法政好不好？"

"不好！一个人只有他爱学的东西学了才会成功，法政与他性质不相近的。"

"我看总是法政好。学法政回来的人至少也是一个省长。你看现在的督军省长掳起钱来多少利害，起码总是几百万。"

"倘只为要掳几百万，那么何必跑到外国去，只要在本国学掳几百万的方法就好了。"我这样回答他。

"我想路越跑得远，回来挣的钱便应该越多。他原来去学些图画，跑这许多路太不值得了。"他很失望似的说，意谓年青不懂事，跑得远路到那里去学点玩意儿，却把正经事抛了。"那么他学了回来仍是与我们生意人一样！"

"正是，"我说："生意人靠每天工作吃饭，他将来回国也是靠每天工作吃饭。整天不作工，却要去掳几百万，还不是和做强盗一样吗？"

"那不用说了。一个人不是为名，便是为利。我知道了：你们既不要利，一定是为名了。"他自己勉强把这个难题解决了，其实依然没有明白。我想我何必同他争论，还是让他自己解决就算了。

以上四则，真是沧海里的一粟，其余为我所没有遇见，或遇见而此刻一时想不起的，还不知有多少呢。但是只看这一点，已经也尽够可以宝贵了。照例这些东西未必能走进我的耳朵，因为怀着这些东西的人也早已自知谨慎，不大肯给他们心中的某一种人看见。但是我颇有这个本领，使他们觉得我的存在直与不存在一样，他们尽可以畅乎言之——像第四则我同他对话是很少的。这个本领从什么地方得来，我自己也不大晓得，仿佛记起从前在什么书上见过，到蜜蜂窝里取蜜，采取的人须得小心谨慎，使蜜蜂们觉得与没有这人一样，否则便要被他们放毒刺，或者我无形中受了影响。但是，我敢深信，我不像采蜜的人一样；他是越采得多越快活，我是越采得多越心伤。

浦镇十三日之勾留

我万万想不到，这一次回京时，要无端的在浦镇去住十三天。津浦路冲断是我早经知道的了，但我以为只要在南京停留两三天可以通车，所以绝不想到海道，长江轮船与京汉路。

到南京的第二天，许钦文君就渡江来把我邀去，说在南京与在浦镇反正是一样的等车。我就当夜同他到了浦镇，预定明日一早再渡江来，逛一两天南京名胜。不料当晚风声大作，次日早上又继以阴雨，遂决定暂不渡江，只写一信给下关旅店，说倘有人找我，或有信件，都可转到浦镇来，讵知事又出人意表，从我到浦镇的第二天起，一直断断续续的下了十三天的风雨，中间没有半日的停止。到第五六天时候，雨稍除点，我硬着头皮渡江去，走到旅馆，掌柜的惊问我这么多的日子在那里，说有许多来找的人都碰头，许多信也退回了。我说我明明有信给你们，说我在浦镇。他说没有收到。我说我明明写着江南第一旅馆执事先生收，怎么会不收到的呢？他说："阿，原来那一封信就是你先生写的吗？我们因为这里没有执事先生其人，早已拒绝了。"这怎么好呢，真把我气得不能开声了。没奈何再在旅馆里写了一张条子，贴在门口，并叫掌柜的紧紧记着，我在浦镇什么里多少号，于是我又遄返浦镇了。

这十三天当中，在浦镇得到些什么？这我已在许龚二君面前受过一回考试，可以背诵出来一点也没有错，现在再覆试一回罢。

背东南而向西北的房子，面临街道，后临河道，正对面是一家孔四房清真客栈，里面是一个六十余岁的老年妇人，一个四十余岁的中年妇人，一个十八九岁的少爷式的青年儿子，以下再是两个十岁以上的女孩，一个十岁以下的男孩，因为常要朝着我们装作嬉皮笑脸，所以我们叫他顽童的。从老年妇人直至顽童为止，身上都带着孝；我们均猜想这死的大概是中年妇人的丈夫。但又不然，老年妇人为什么要给儿子带孝，发生了问题。于是许君天开妙想，说老年妇人一定是死者之妻，中年妇人是死者之妾，但我们终不大以为然。

老年妇人勤俭极了，一早五六点钟的时候，有时我们还没有起来，便听见伊在门口鲜菜挑里买菜论价的声音，从此开手劳作，整整一天，直到晚饭以后才停止，如纺纱咧，淘米咧，煮饭咧，上上排门咧，去豆芽菜的根咧，水淹入屋内时在地上搭挑板咧，什么事体都做。其次便是中年妇人与两个女孩子，他们除了互相梳髻，稍费一点功夫以外，其工作的没有间断，也不亚于老年妇人。至于两个男孩，一个顽童式的，年纪已经到学龄了，但并不看见他入学，他的样子是告诉人他将来大了以后也像那十八九岁的哥哥一样。那十八九岁的哥哥是怎样的呢？他居恒并没有什么特点；我真的太不善于观察，当初看见他穿的一身立领的洋服，以为他是个铁路上的剪票员之流，龚君说不然，他一定是个休学的中学生，后来研究，觉得大体不错。他除了吃饭吸纸烟与弟妹们玩耍，或街上有什么风吹草动的小事便出去观看以外，便坐在店门口闲望，他们说他是在望我们东边楼窗里房东的小姨子，这也许近是。但我并不以他为不然，我主张青年们只要不可忘了自己的事业，这时候男看女女看男是极应该的，尽管放着胆子正大光明的选择自己的伴侣；不过第一不可躲躲闪闪，越怕人知道或者越闹出大笑话，第二不可在选择定了以后，再有这样类似选择的行为，在爱情中转辗的生活着，虚靡了一世。

少爷的生活，但是，也很清苦。老年妇人中年妇人与两个女孩子更是不用说了。少爷与幼年的一个所谓顽童，是合家所奉为宝贝的，有时他们与姊妹们有什么争论，两个妇人照例不问是非，屈女孩而直男孩，吃饭时也给他们两个人先吃。但是，我们从楼窗口偷望下去，这两个阔人也不过吃豆板菜过日子，潮水来时鱼价贱，也只有间或几条小小的，便算作他们的盛馔了，这也难怪；新死了一个人是无疑的了，而他们这客栈，是从来无人照顾的，我在他们对面住了十三天，绝不见他们有一个旅客，所谓客栈也不过只有一个名头，住住几个自家主人罢了。

孔四房客栈是在我们正对面，与他并列的还有许多临街的小屋子，多半都是草舍，间或也有几所瓦房。其中的人有劈篾为篝的，有炸油条、烙烧饼的，有开小杂货店的，生活都是不堪其苦；而且大多数没有楼房，一涨大水，大家都搭挑而居。我们住在楼上的，水淹入屋内时，尚且常见有极大的钱串子虫爬上楼来，可以料想他们没有楼房的在大水时所吃的苦，只论虫豸一种也已尽够了。

孔四房的后面一带是山；离他不远，山脚下还住着许多人家。因为他的后门，可以通到山麓，所以我们间或看见山下人家的男妇老幼，为贪近便起见，有从孔四房的前门出来的。但这自然须得孔四房的允许，谁也不能任意假道。不过这个允许当然不是说有什么方式的，只要一向假道下来，双方没有异言，便自然率由旧章。但这绝非所论于忠厚的人，戆直的人，或不大知趣的人。

山下人家有一个所谓傻婆也者，年不过二十一二岁，大水涨时，伊天天赤着脚，高卷着裤褪，往二三尺水深的街道上缓步的走过，每天总要走十趟上下：到市上去买菜一二趟；提了磁茶壶两三把到近市的地方去买开水又是一二趟；拿着米箩菜筐到河埠去淘米洗菜又是两三趟；据说伊的丈夫还在市上开着一家小杂货店，所以傻婆有时空手上市，是去管理自己的店务的；店务余暇，伊还要抱着自己的孩子，就近街坊闲逛，间或每天也要一二趟。伊是这样一个来去频繁的人，也天天在孔四房假道，加以伊的性质既可使人名之曰傻婆，当然是不大活泼，孔四房女主人们的不满意是无疑的了。一天，我们看见孔四房自老女主人以下，差不多全家，在自己门口，像什么衙门的卫兵一般，排队站着。我们知道有异，出去看时，傻婆正提着米箩菜筐，新从我们屋旁的河埠回来了。伊要是早知他们挡驾，反正有路可走，只差得稍远一点，不到孔四房去假道也就罢了，但是傻婆的单纯的心理还办不到如此。老女将军率领小孩子，一见傻婆依然没有改变方向，朝着他们的大门而来，便紧紧的堵着门口。在傻婆一方面呢，却是与从前同样的舒徐，到了门口，也仍是如入无人之境。这样一面紧张，一面弛缓的空气之下，结果是傻婆依旧闯进了门口，挡门的人只拔出拳头来在伊的背脊上打了几下出气了事；但是傻婆一直往里走仿佛只想即刻穿出孔四房的后门，达到山下的伊的目的地，对于他们毫没有什么抵抗。

傻婆而外，还有一个使我不容易忘记的，是卖鲜菜的妇人。伊的住所大概也在山麓，不过离得远了，我们没有详细知道，我们所知道的只是伊天天担了鲜菜——绿白相间的韭菜与小白菜——在满水的街道上徒涉，并且每每找一个空闲的地方等着人家买罢了。我估量伊的年纪大概也与傻婆仿佛，不过二十一二岁。我倚着楼窗看了伊的身面，对龚君说，这个人还是才做了新嫁娘哩。伊赤脚是不用说的了，这是浦镇极平常的风气，况且这回又有大水。伊的头上首饰，似乎银色既毫无转变，而上面染着的翠点又极其新鲜。土布衣服，土布裤子，深蓝都没有褪色。这明明表示是伊的嫁时衣。从伊的面色与这些服饰上的根据，我便说伊是才做了新嫁娘的。龚君也以为然，遂继续说出关于伊的一段故事。这一说而使我连上述的一段情境也不会忘记了。

龚君说伊是一个极忠厚的女人。有一回，他初见伊担着鲜菜到这条街上来的时候，街坊一个人出来问伊买菜；秤好以后，将付钱了，伊又添了他一小把。谁知做好人是极危险的，旁边小孩子和妇人们都看见了，大家走到伊的菜挑旁边，初时还正正经经的问伊购买，要伊加添，后来你一只篮，我一只手，迫得伊无暇应付，不问曾否付价，只大家混水捉鱼，各得着一点便宜去了。这面伊一个人，脸上也看不出什么感情的表现，等了一会儿依旧慢慢的挑回去了。从此大家都要到伊这里买菜，就算不妄想不出代价，也各人希望着沾点便宜了。不过现在大概伊也有了经验，渐知与人较量，不大像从前的肯随便送人了。

这是浦镇里面的小小波澜。龚君说完以后，我们都倚栏无语，相对不禁怃然。

我第一天往浦镇，是在晚上九点余钟，我与许君坐在长江轮渡的二层楼上，看着黑黄醃鸭蛋一般的云彩，东一大块，西又无数小块，任月亮穿梭似的过去，几乎看不出云的本身在动。风呢，打在这么大的轮船上，虽然没有影响，但我们坐在船头楼上的人，已经觉得过凉了。我们说，天气也许要有变动；但此时绝不想到一变动而能亘十三天不肯休止，也绝不想到一变动而能使我们从此逛不到南京。许君先为我称述这一只"澄平"轮船，是渡船中之最大的，船身也最新，并且说他与澄平的感情最好，他已经知道他每天的开船时刻，凡他渡江一定非乘澄平不可的。但这还不能表示他与澄平为知己；最妙的是他住在离江八里的浦镇，而能辨出澄平的叫声。这是我亲自试验过的，有时我们坐在一起谈天，大家都不注意外事，正如在北京时要对准时计，用心听着午炮，但忽然来了朋友，一谈天便能把午炮误了。而许君处这个当儿，却绝对不会误过，在大家谈兴正浓的时候，他能独自叫出来："喂，澄平开了！"——不消说，他是知道澄平的开船时刻的，自然要比我们不知道的人容易听见，但是我们何尝不知道午炮的时刻，为什么一谈天便会误过呢？况且沿江一带，轮船火车的叫声，一天不下数十次，于数十次当中辨出一种特别的声音，似乎更不容易。这一来而许君对于澄平的浓厚感情便证实了。许君自己还说，澄平是有生命的，你看他朝着码头走去了，而且从来不会走错。

我们坐在澄平头上，看见他也如月走云端一般，乘势在凉风与月色中飞渡。在这渡江的十分钟内，许君还继续同我讲述浦镇景物，说他们的房子背面临水，是扬子江的支流，楼上后门以外，有极大的晒台，虽在盛暑天气，日光斜过，晒台上顿若初秋。前面一带小山，顶上有韩信将台，这是浦镇的唯一古迹，到浦镇的人都要上去观览的。待我们到了浦镇以后，走近楼窗，他们就在朦胧月色的当中，为我指点说，这就是所谓将台。后来一连风雨，非但使我逛不成南京，就是这眼前的将台，也没有上山去逛的机会。等到一天雨霁，我们用人力车仿佛乘舟一般的在满水的街上斜渡过去，再走到小山顶上的将台去逛。但是很使我失望。第一，他的建筑已经有了一点洋气。这倒也就罢了，谁敢奢望韩信时的房子还能流传到今日呢？凡属古迹一代代的修葺下来，自然一代代的加入新式建筑的分子。经过最近的一次修葺，自然不免带有几分洋气了。但是第二件更使我失望的，是没有一点文字上的证据给我，使我们逛完以后依然不知道究竟这是谁的将台。将台是三层，上层因楼梯楼板已被拆毁，不能上去，下层则堆着泥土秽物。我们到的是中层，其间空无所有是不消说，而壁上正中嵌一石碑，是先有了字再凿去的。近去看时，还能辨出勒石是民国三年，撰文者是柏文蔚。隐隐约约的碑文末句，仿佛是"所望于后之来者！"。这使我不解，安徽都督为什么要到江苏的浦镇来撰一篇碑文？他后来虽遭种种失败，但为什么竟并韩信将台中的碑文而亦连带犯罪？多心的我们，又不免要把这个罪名猜疑到群众身上来了。大家你一句我一句的讨论，其结果是：一定将台修好以后，近村遭了水火时疫等灾，乡人便迁怒到修葺将台动了风水，所以上去捣毁一番，连碑文也给他不留一字。

偷得晴天一瞬，我们总算把将台草草逛过了，但是游兴未阑，很愿意再找别处。龚君说，听说二三里外一个庙里，供着一具已死和尚的尸身，我们可以去看一遭。大家都以为可，龚君一边走，一边讲他所闻关于这和尚的故事。这和尚已死十年了，本来葬在一覆一载的两只缸中，今年他的弟子忽然宣言，他师父给他梦兆，说他的尸身至今未腐，愿搬到庙中来享受香火。弟子遵命掘出坟来，果然面色如生，后来搬入庙中，香客之盛，几乎举镇若狂。一路说说笑笑，到了寺门，见门上匾额写着"普利律寺"四字。入门走到大殿，就在左边看见供着簇新袍服的金面像。这时候我心中顿起一种寂寞的畏惧，觉得同去三人还嫌太少。我出世以来，与死尸同室，虽然也有两三次，但都是熟人。现在与一个不相识的老和尚的死尸同在一室，似乎很少经验，所以极想壮一壮自己方面的声势。凡人到畏惧时，一定要想到同类，我少年时候最喜听人讲鬼怪，讲完后又怕走夜路回家，夜深人静，街上寂然无声，只听得自己衣袋里滴滴的表声，我这时候心中暗想道，人类的智识，已经到了能够造表的程度，难道还怕鬼吗？防鬼来侵时才想到人类了！我在大殿门口站着，又把心来一定，想道，他或者还有气味罢，我虽然去掉畏惧，也似乎不该近前。但是又怎肯不看呢，大家走近前去，细细的看了：金色面孔，稍微歪着；眉间眼际，似乎有点模糊；眼睛又紧闭着。这明明告诉我是个风干的死尸。再向四旁一看，神龛右边，放着原来的两只水缸，而神龛前面则钉着许多簇新的匾额，具名的多是弟子陆军中尉陆军少尉，下面又攒着许多名字。我很奇怪，为什么杀人不怕血腥气的军官，竟肯到老和尚的死尸面前来称弟子。许君说，然则你承认他一定是真的死尸了。我说是。他说："要是春台在这里，一定还有许多怀疑，许多假设，态度决不像你这样独断。"他的意思是想因我们的一去而能发见这不是真的死尸。后来我说："事实不必怀疑，何必定要怀疑。你只要看他的微歪的头，旁边的缸，紧闭的眼睛，便可以证明是真的了。你如不信，可以用浦镇人民的知识程度做担保，他们这样的智识，要他们去抬一个死尸来到庙里供着，并不算得什么一回事。"但是，军官上匾的问题，总不能解决。我想，这或者完全是老和尚弟子的欺诈手段，他想借着师父的死尸骗钱，恐怕别人不信，所以去弄了一班军官来撑场面。这个假设我自以为并不是，没有几分道理，不过太把军官与弟子都看作聪明的坏人了。或者他们的蠢笨，还使他们坏不到如此呢。

浦镇是属江浦县的，本身并不是县，但也有城，仿佛从前是一个营寨。我曾到过一趟城里，看见东门市颇形热闹，其余都是泥房草舍，与乡下一式。我所最不安于心的，是他们住在这样的泥房草舍里，几乎连生活必需的供给都还没有充分，却也与都市中的人同样下流，终日玩骨牌过活。我凡走到这些地方，一定要想到我们的先民，常常把这些人与尧舜来比。我觉得尧舜与尧舜以前的人，也与他们一样，是人类的萌芽。但我很奇怪，尧舜何以能有《尧典》《舜典》传下来，却从来不听见有尧赌舜赌，尧烟舜烟传下来呢？现在他们既然还做不出《尧典》《舜典》，何以居然能玩这种复杂的赌博呢？此时我不禁发生一种奇想，以为我们的野蛮的先民之为人类的萌芽，是犹植物之三四月的萌芽，现在野蛮人之为人类的萌芽，却是八九月的萌芽。成熟的果子已经正在收获了，碧绿的萌芽或者也只配出来经一番霜雪，然后毫无收成的再从来处去罢了。难道今日之世运，真如一年的秋冬，老先生们所谓末世吗？这就引到凡是落后的生物能否进化的问题了。但我以为先进的人们，无论如何总应该尽力，帮助这些要从来处去的人们——无论他们在那里想从来处去。

浦镇的十三日，虽然在我觉得像过了十三年一般，但也是这么一天天的过去了。到十二三天头上，我半夜醒来，扪心自问："我是做人的人吗？要做人的人不应该候车十三日而不想别的法子！"于是不管晴雨，把九月二日的行期来决定了。这一天早上，天还没有亮，室内的钟声，户外的虫声，都低低的把我叫醒，七点钟上津浦车来京了。但是我的心中，从此有一个模模糊糊的浦镇，时常要涌现起来。

傻 子

我既"到家了"，一下车便跑到学堂；别来无恙，我心大慰了。我在学堂接收了许多积下的信件，正打算要按着日期一封封的去看，忽然在学堂旁边，看见迎面站着一个新开的澡堂；这是我南行以前所没有的，今天仿佛等着为我洗尘，我便也不客气的踏了进去。

在澡堂里，我先把信件草草的看完了，然后开始洗澡。喂，窗外无端的送来一种什么声音，陡然把我引到两年前的旧世界去了。影片一般的，那旧世界辘辘的在眼前过去，迷迷朦朦看见他那片上的中心人物——"傻子"。

冬天的深夜，大学近旁，东一簇西一颗的，雪地里散布着灯火，远望去如星星一般，仿佛正在等待东方的发白。每一颗星星都会发出叫声，隐隐约约的又可辨得出来，是：落花生，水果糖，硬面饽饽……

石油灯底下，伏案读书太疲倦了，我硬拉着我的兄弟出来闲走。"夜深了，可以不去了！"这是他常常用来拒绝我的，但结果还是出来。这时的空气，虽然是在霜雪中滤过的，寒冷自不消说，但或者也因为是在霜雪中滤过的，所以特别新鲜。我们一边走，一边谈天，不知不觉的闯入星丛里买点心。买了以后，手中一拿东西，便只能回去了。走到我兄弟的书房里，合起书本，摊开点心，石油灯底下又另开谈天的一幕。这一幕每每是很长的，那天自然也依旧，我直到一二点钟后才回去。

第二天早上，我仓忙起来，觉得缺少了一件东西，走到我兄弟那里去问："我昨晚把钱票夹落在你这里没有？"他说没有。我说那一定是掉在糖果挑里了。但是，我们怎么知道这挑儿不点灯的时候是在什么地方呢？同样，他又怎么知道我们不买点心的时候是在什么地方呢？我要去找既无从找起，他要来还是无从还起了。

我兄弟说："不是你昨天问他住在那里，他说在三眼井吗？"我也隐约的记起来了。我说我们不如到三眼井去问一遭。一边走，我们一边谈笑，心想无论找得着找不着钱票夹，去访问一个卖糖果的总是一件有意思的事。待到了三眼井，一问而知，凡是卖糖果的全住在一个庙里。我们便走到庙里去问。这可令人奇怪了，原来庙里有这么大的一个社会。谈论的，打架的，自己收拾衣服或用具的，不知有多少人。在这么大的人群里，我们便访问大学旁边摆摊的是那一位。他们都说："在后进屋里，王大的兄弟——傻子！"

我们又走到后进。他们正要团坐起来吃饭，是新蒸好的黄色的一大块一大块的东西，热气腾腾的正端了出来。我们问在大学面前摆摊的是那一位，他们都指着傻子说是他。我们又问，我们昨晚买东西的时候落了钱包没有。他一声也不响，脸上也一点没有什么表情。旁人说，大家可以到挑儿上去看一看，傻子也许不留心，还放在挑儿里，挑儿此刻搁在大殿里呢。

我们走到大殿，呵，这真叫我们惊异了，大殿里一排一排的满放着一样的糖果挑儿，约莫有二百个内外。这仿佛年幼时夏天玩络纬虫，家中只养着一个，忽然在街上卖络纬的挑儿上看见，几十个小笼儿都关着络纬，令人感得一种说不出的快乐和惊异。但是傻子将他挑儿用布盖着的，挑儿翻起来，我们只看见昨晚卖剩的水果糖落花生一类的东西，并不见有皮夹，我们因为要上课，便匆匆回家了。

我走到房里，整理书籍打算上课去了！唉！我这卤莽人，原来皮夹就放在书下。我们都觉得无端到傻子的挑儿上仿佛像搜检一般的去看，总是万分难过。后来大家说通了，傻子也毫不为意。只是从此看见糖果挑儿，听见糖果的叫声，一定要想起傻子。

从澡堂的窗门里进来的声音，今日又引起我心中的傻子了。

不知不觉的洗澡完了，一路的风景也于此结果了，猛然记起品青还等着我呢，遂匆匆出门，从此开端再过我的北京生活。

一九二〇年九月

（选自《伏园游记》，北新书局1926年版）

长安道上

（开）〔岂〕明先生：

在长安道上读到你的《苦雨》，却有一种特别的风味，为住在北京的人们所想不到的。因为我到长安的时候，长安人正在以不杀猪羊为武器，大与老天爷拼命，硬逼他非下雨不可。我是十四日到长安的，你写《苦雨》在十七日，长安却到二十一日才得雨的。不但长安苦旱，我过郑州，就知郑州一带已有两月不曾下雨，而且以关闭南门，禁宰猪羊为他们求雨的手段。一到渭南，更好玩了：我们在车上，见街中走着大队衣衫整洁的人，头上戴着鲜柳叶扎成的帽圈，前面导以各种刺耳的音乐。这一大群"桂冠诗人"似的人物，就是为了苦旱向老天爷游街示威的。我们如果以科学来判断他们，这种举动自然是太幼稚。但放开这一面不提，单论他们的这般模样，却令我觉着一种美的诗趣。长安城内就没有这样纯朴了，一方面虽然禁屠，却另有一方面不相信禁屠可以致雨，所以除了感到不调和的没有肉吃以外，丝毫不见其他有趣的举动。

我是七月七日晚上动身的，那时北京正下着梅雨。这天下午我到青云阁买物，出来遇着大雨，不能行车，遂在青云阁门口等待十余分钟。雨过以后上车回寓，见李铁拐斜街地上干白，天空虽有块云来往，却毫无下雨之意。江南人所谓"夏雨隔灰堆，秋雨隔牛背"，此种景象年来每于此地见之，岂真先生所谓"天气转变"欤？从这样充满着江南风味的北京城出来，碰巧沿着黄河往"陕半天"去，私心以为必可躲开梅雨，摆脱江南景色，待我回京时，已是秋高气爽的了。而孰知大不然。从近日寄到的北京报上，知道北京的雨水还是方兴未艾，而所谓江南景色，则凡我所经各地，又是满眼皆然。火车出直隶南境，就见两旁田地，渐渐腴润。种植的是各物俱备，有花草，有树木，有庄稼，是冶森林花园田地于一炉，而乡人庐舍，即在这绿色丛中，四处点缀，这不但令人回想江南景色，更令人感到黄河南北，竟有胜过江南景色的了。河南西部连年匪乱，所经各地以此为最枯槁，一入潼关便又有江南风味了。江南的景色，全点染在一个平面上，高的无非是山，低的无非是水而已，决没有如河南陕西一带，即平地而亦有如许起伏不平之势者。这黄河流域的层层黄土，如果能经人工布置，秀丽必能胜江南十倍。因为所差只是人工，气候上已毫无问题，凡北方所不能种植的树木花草，如丈把高的石榴树，一丈高的木槿花，白色的花与累赘的实，在西安到处皆是，而在北地是得未曾见的。

自然所给与他们的并不甚薄，而陕西人因为连年兵荒，弄得活动的能力几乎极微了。原因不但在民国后的战争，历史上从五胡乱华起一直到清末回匪之乱，几乎每代都有大战，一次一次的斫丧陕西人的元气，所以陕西人多是安静，沉默，和顺的；这在智识阶级，或者一部分是关中的累代理学家所助成的也未可知，不过劳动阶级也是如此：洋车夫，骡车夫等，在街上互相冲撞，继起的大抵是一阵客气的质问，没有见过恶声相向的。说句笑话，陕西不但人们如此，连狗们也如此。我因为怕中国西部地方太偏僻，特别预备两套中国衣服带去，后来知道陕西的狗如此客气，终于连衣包也没有打开，并深悔当时以小人之心度君子之腹。（北京尝有目我为日本人者，见陕西之狗应当愧死。）陕西人以此种态度与人相处，当然减少许多争斗，但用来对付自然，是绝对的吃亏的。我们赴陕的时候，火车只能由北京乘至河南陕州，从陕州到潼关，尚有一百八十里黄河水道，可笑我们一共走了足足四天。在南边，出门时常闻人说"顺风！"。这句话我们听了都当作过耳春风，谁也不去理会话中的意义；到了这种地方，才顿时觉悟所谓"顺风"者有如此大的价值，平常我们无非托了洋鬼子的宏福，来往于火车轮船能达之处，不把顺风逆风放在眼里而已。

黄河的河床高出地面，一般人大都知道，但这是下游的情形，上流并不如此。我们所经陕州到潼关一段，平地每比河面高出三五丈，在船中望去，似乎两岸都是高山，其实山顶就是平地。河床是非常稳固，既不会泛滥，更不会改道，与下流情势大不相同。但下流之所以淤塞，原因还在上流。上流的河岸，虽然高山河面三五丈，但土质并不坚实，一遇大雨，或遇急流，河岸泥壁，可以随时随地，零零碎碎的倒下，夹河水流向下游，造成河床高出地面的危险局势；这完全是上游两岸没有森林的缘故。森林的功用，第一可以巩固河岸；其次最重要的，可以使雨水入河之势转为和缓，不至挟黄土以俱下。我们同行的人，于是在黄河船中，仿佛"上坟船里造祠堂"一般，大计画黄河两岸的森林事业。公家组织，绝无希望，故只得先借助于迷信之说，云能种树一株者增寿一纪，伐树一株者减寿如之，使河岸居民踊跃种植。从沿河种起，一直往里种去，以三里为最低限度。造林的目的，本有两方面：其一是养成木材，其二是造成森林。在黄河两岸造林，既是困难事业，灌溉一定不能周到的，所以选材只能取那易于长成而不需灌溉的种类，即白杨，洋槐，柳树等等是已。这不但能使黄河下游永无水患，简直能使黄河流域尽成膏腴，使古文明发源之地再长新芽，使中国顿受一个推陈出新的局面，数千年来梦想不到的"黄河清"也可以立时实现。河中行驶汽船，两岸各设码头，山上建筑美丽的房屋，以石阶达到河边，那时坐在汽船中凭眺两岸景色，我想比现在装在白篷帆船中时，必将另有一副样子。古来文人大抵有治河计画，见于小说者如《老残游记》与《镜花缘》中，各有洋洋洒洒的大文。而实际上治河官吏，到现在还墨守着"抢堵"两个字。上面所说也无非是废话，看作"上坟船里造祠堂"可也。

我们回来的时候，除黄河以外，又经过渭河。渭河横贯陕西全省，东至潼关，是其下流，发源一直在长安咸阳以上。长安方面，离城三十里，有地曰草滩者，即渭水流经长安之巨埠。从草滩起，东行二百五十里，抵潼关，全属渭河水道。渭河虽在下游，水流也不甚急，故二百五十里竟走了四天有半。两岸也与黄河一样，虽间有村落，但不见有捕鱼的。殷周之间的渭河，不知是否这个样子，何以今日竟没有一个渔人影子呢？陕西人的性质，我上面大略说过，渭河两岸全是陕人，其治理渭河的能力盖可想见，我很希望陕西水利局长李宜之先生的治渭计画一旦实行，陕西的局面必将大有改变，即陕西人之性质亦必将渐由沉静的变为活动的，与今日大不相同了。但据说陕西与甘肃较，陕西还算是得风气之先的省分。陕西的物质生活，总算低到极点了，一切日常应用的衣食工具，全须仰给于外省，而精神生活方面，则理学气如此其重，已尽够使我惊叹了；但在甘肃，据云物质的生活还要低降，而理学的空气还要严重哩。夫死守节是极普遍的道德，即十几岁的寡妇也得遵守，而一般苦人的孩子，十几岁还衣不蔽体，这是多么不调和的现（相）〔象〕！我劝甘肃人一句话，就是穿衣服，给那些苦孩子们穿衣服。

但是"穿衣服"这句话，我却不敢用来劝告黄河船上的船夫。你且猜想，替我们摇黄河船的，是怎么样的一种人。我告诉你，他们是赤裸裸一丝不挂的。他们紫黑色的皮肤之下，装着健全的而又美满的骨肉。头发是剪了的，他们只知道自己的舒适，决不计较"和尚吃洋炮，沙弥戳一刀，留辫子的有功劳"这种利害。他们不屑效法辜汤生先生，但也不屑效法我们。什么平头，分头，陆军式，海军式，法国式，美国式，于他们全无意义。他们只知道头发长了应该剪下，并不想到剪剩了的头发上还可以翻腾种种花样。鞋子是不穿的，所以他们的五个脚趾全是直伸，并不像我们从小穿过京式鞋子，这个脚趾压在那个脚趾上，那个脚趾又压在别个脚趾上。在中国，画家要找一双脚的模特儿就甚不容易，吴新吾先生遗作《健》的一幅，虽在"健"的美名之下，而脚趾尚是架床叠屋式的，为世诟病，良非无因。而我们竟于困苦旅行中无意得之，真是"不亦快哉"之一。我在黄河船中，身体也练好了许多，例如平常必掩窗而卧，船中前后无遮蔽，居然也不觉有头痛身热之患。但比之他们仍是小巫见大巫。太阳还没有作工，他们便作工了，这就是他们所谓"鸡巴看不见便开船"。这时候他们就是赤裸裸不挂一丝的，倘使我们当之，恐怕非有棉衣不可。烈日之下，我们一晒着便要头痛，他们整天的晒着，似乎并不觉得。他们的形体真与希腊的雕像毫无二致，令我们钦佩到极点了。我们何曾没有脱去衣服的勇气，但是羞呀，我们这种身体，除了配给医生看以外，还配再给谁看呢，还有脸再见这样美满发达的完人吗？自然，健全的身体是否宿有健全的精神，是我们要想知道的问题。我们随时留心他们的知识。当我们回来时，舟行渭水与黄河，同行者三人，据船夫推测我们的年龄是：我最小，"大约一二十岁，虽有胡子，不足为凭"。夏浮筠先生"虽无胡子"但比我大，总在二十以外。鲁迅先生则在三十左右了。次序是不猜错的，但几乎每人平均减去了二十岁。这因为病色近于少年，健康色近于老年的缘故，不涉他们的知识问题。所以我们看他们的年纪，大抵都是四十上下，而不知内有六十余者，有五十余者，有二十五者，有二十者，亦足见我们的眼光之可怜了。二十五岁的一位，富于研究的性质，我们叫他为研究系（这又是我们的不是了）。他除了用力摇船拉纤以外，有暇便蹲在船头或船尾，研究我们的举动。夏先生吃苏打水，水浇在苏打上，如化石灰一般有声，这自然被认为魔术。但是魔术性较少的，他们也件件视为奇事。一天夏先生穿汗衫，他便凝神注视，看他两只手先后伸进袖子去，头再在当中的领窝里钻将出来。夏先生问他"看什么"，他答道"看穿衣服"。可怜他不知道中国文里有两种"看什么"，一种下面加"惊叹号"的是"不准看"之意，又一种下面加"疑问号"的才是真的问看什么。他竟老老实实的答说"看穿衣服"了。夏先生问"穿衣服都没有看见过吗？"他说"没有看见过。"知识是短少，他们的精神可是健全的。至于物质生活，那自然更低陋。他们看着我们把铁罐一个一个的打开，用筷子夹出鸡肉鱼肉来，觉得很是新鲜，吃完了把空罐给他们又是感激万分了。但是我的见识，何尝不与他们一样的低陋：船上请我们吃面的碗，我的一只是浅浅的，米色的，有几笔疏淡的画的，颇类于出土的宋磁，我一时喜欢极了，为使将来可以从它唤回黄河船上生活的旧印象起见，所以问他们要来了，而他们的豪爽竟使我惊异，比我们抛弃一个铁罐还要满不在乎。

游陕西的人第一件想看的必然是古迹。但是我上面已经说过，累代的兵乱把陕西人的民族性都弄得沉静和顺了，古迹当然也免不了这同样的灾厄。秦都咸阳，第一次就遭项羽的焚毁。唐都并不是现在的长安，现在的长安城里几乎看不见一点唐人的遗迹。只有一点：长安差不多家家户户，门上都贴诗贴画，式如门对而较短阔，大抵共有四方，上面是四首律诗，或四幅山水等类，是别处没有见过的，或者还是唐人的遗风罢。至于古迹，大抵模糊得很，例如古人陵墓，秦始皇的只是像小山那么一座，什么痕迹也没有，只凭一句相传的古话；周文武的只是一块毕秋帆题的墓碑，他的根据也无非是一句相传的古话。况且陵墓的价值，全在有系统的发掘与研究。现在只凭传说，不求确知墓中究竟是否秦皇汉武，而姑妄以秦皇汉武崇拜之，即使有认贼作父的嫌疑也不在意。无论在知识上，感情上，这种盲目的崇拜都是无聊的。适之先生常说,孔子的坟墓总得掘他一掘才好,这一掘也许能使全部哲学史改换一个新局面,但是谁肯相信这个道理呢?周秦的坟墓自然更应该发掘了。现在所谓的周秦坟墓,实际上是不是碑面上所写的固属疑问,但也是一个古人的坟墓是无疑的。所以发掘可以得到两方面的结果,一方是存心要发掘的,一方是偶然掘着的。但谁有这样的兴趣,又谁有这样的胆量呢?私人掘着的,第一是目的不正当,他们只想得钱,不想得知识,所以把发掘古坟看作掘藏一样,一进去先将金银珠玉抢走,其余土器石器,来不及带走的,便胡乱搬动一番,从新将坟墓盖好,现在发掘出来,见有乱放瓦器石器一堆者,大抵是已经古人盗掘的了。大多数人的意见,既不准有系统的发掘,而盗掘的事,又是自古已然,至今而有加无已。结果古墓依然尽被掘完,而知识上一无所得的。国人既如此不争气,世界学者为替人类增加学问起见,不远千里而来动手发掘,我们亦何敢妄加坚拒呢?陵墓而外,古代建筑物,如大小二雁塔,名声虽然甚为好听,但细看他的重修碑记,至早也不过是清之乾嘉,叫人如何引得起古代的印象?照样重修,原不要紧,但看建筑时大抵加入新鲜分子,所以一代一代的去真愈远。就是函谷关这样的古迹,远望去也已经是新式洋楼气象。从前绍兴有陶六九之子某君,被县署及士绅嘱托,重修兰亭屋宇。某君是布业出身,布业会馆是他经手建造的,他又很有钱,决不会从中肥己,成绩宜乎甚好了;但修好以后一看,兰亭完全变了布业会馆的样子,邑人至今为之惋惜。这回我到西边一看,才知道天下并非只有一个陶六九之子,陶六九之子到处多有的。只有山水,恐怕不改旧观,但曲江瀣沍,已经都有江没有水了。渡灞大桥，即是灞桥，长如绍兴之渡东桥，阔大过之，虽是民国初年重修，但闻不改原样，所以古气盎然。山最有名者为华山。我去时从潼关到长安走旱道经过华山之下，回来又在渭河船上望了华山一路。华山最感人的地方，在于他的一个"瘦"字；他的瘦真是没有法子形容，勉强谈谈，好像是绸缎铺子里的玻璃柜里，瘦骨零丁的铁架子上，披着一匹光亮的绸缎。他如果是人，一定是耿介自守的，但也许是鸦片大瘾的。这或者就是华山之下的居民的象征罢。古迹虽然游的也不甚少，但大都引不起好感，反把从前的幻想打破了；鲁迅先生说，看这种古迹，好像看梅兰芳扮林黛玉，姜妙香扮贾宝玉，所以本来还打算到马嵬坡去，为避免看后的失望起见，终于没有去。

其他，我也到卧龙寺去看了藏经。说到陕西，人们就会联想到圣人偷经的故事。如果不是半年前有圣人去偷经，我这回也未必去看经罢。卧龙寺房屋甚为完整，是清慈禧太后西巡时重修的，距今不过二十四年。我到卧龙寺的时候，方丈定慧和尚没有在寺，我便在寺内闲逛。忽闻西屋有孩童诵书之声，知有学塾，乃进去拜访老夫子。分宾主坐下以后，问知老夫子是安徽人，因为先世宦游西安，所以随侍在此，前年也曾往北京候差，住在安徽会馆，但终不得志而返。谈吐非常文雅，而衣服则褴褛已极：大褂是赤膊穿的，颜色如用酱油煮过一般，好几颗钮扣都没有搭上；虽然拖着破鞋，但是没有袜子的；嘴上两撇清秀的胡子，圆圆的脸，但不是健康色——这时候内室的鸦片气味一阵阵的从门帷缝里喷将出来，越加使我了解他的脸色何以黄瘦的原因。他只有一个儿子在身边，已没有了其他眷属。我问他："自己教育也许比上学堂更好罢？"他连连的答说："也不过以子代仆，以子代仆！"桌上摊着些字片画片，据他说是方丈托他补描完整的，他大概是方丈的食客一流。他不但在寺里多年，熟悉寺内一切传授系统，即与定慧方丈也是非常知己，所以他肯引导我到各处参观。藏经共有五柜，当初制柜是全带抽屉的，制就以后始知安放不下，遂把抽屉统统去掉，但去掉以后又只能放满三柜，所以两柜至今空着。柜门外描有金彩龙纹，四个大金字是"钦赐龙藏"。花纹虽尚清晰，但这五个柜确是经过祸难来的：最近是道光年间寺曾荒废，破屋被三数个戏班作寓，藏经虽非全被损毁，但零落散失了不少；咸同间，某年循旧例于六月六日晒经，而不料是日下午忽有狂雨，寺内全体和尚一齐下手，还被雨打得个半干不湿，那时老夫子还年轻，也帮同搬着的。但经有南北藏之分，南藏纸质甚好，虽经雨打，晾了几天也就好了；北藏却从此容易受潮，到如今北藏比南藏还差逊一筹。虽说宋代藏经，其实只是宋板明印，不过南藏年代较早，是洪武时在南京印的，北藏较晚，是永乐时在北京印的。老夫子并将南藏缺本，郑重的交我阅看，知纸质果然坚实，而字迹也甚秀丽。怪不得圣人见之，忽然起了邪念。我此次在陕，考查盗经情节，与报载微有不同。报载追回地其实刚刚装好箱箧，尚未运出西安，即被陕人扣留。但陕人之以家藏古玩请圣人品评者，圣人全以"谢谢"二字答之，就此收下带走者为数亦甚不少。有一学生投函指摘圣人行检，圣人手批"交刘督军严办"字样。圣人到陕，正在冬季，招待者问圣人说："如缺少什么衣服，可由这边备办。"圣人就援笔直书，开列衣服单一长篇，内计各种狐皮袍子一百几十件云。陕人之反对偷经最烈者，为李宜之杨叔吉二先生。李治水利，留德学生，现任水利局长；杨治医学，留日学生，现任军医院军医。二人性情均极和顺，言谈举止，沉静而又委婉，可为陕西民族性之好的一方面的代表。而他们对于圣人，竟亦忍无可忍，足见圣人举动，必有太令人不堪的了。

陕西艺术空气的厚薄，也是我所要知道的问题。门上贴着的诗画，至少给我一个当前的引导。诗画虽非新作，但笔致均楚楚可观，决非市井细人毫无根柢者所能办。然仔细研究，此种作品，无非因袭旧套，数百年如一日，于艺术空气全无影响。唐人诗画遗风，业经中断，而新芽长发，为时尚早。我们初到西安时候，见招待员名片中，有美术学校校长王先生者，乃与之接谈数次。王君年约五十余，前为中学几何画教员，容貌清秀，态度温和，而颇喜讲论。陕西教育界现况，我大抵即从王先生及女师校长张先生处得来。陕西因为连年兵乱，教育经费异常困难，前二三年，有每年只能领到七八个月者，或半年者，但近来秩序渐渐恢复，已有全发之希望。只要从今以后，三两年不动兵戈，一方实行省长所希望的农兵工各事业，一方赶紧兴修陇海路陕州到西安铁道，则不但教育实业将日有起色，即关中人的生活状态亦将大有改变，而艺术空气，或可借以加厚。我与王先生晤谈以后，颇欲乘暇参观美术学校，一天，偕陈定谟先生出去闲步，不知不觉到了美术学校门口，我提议进去参观，陈先生也赞成。一进门，就望见满院花草，在这个花草丛中，远处矗立着一所刚造未成的教室，虽然材料大抵是黄土，这是陕西受物质的限制，一时没有法子改良的，而建筑全用新式，于以证明已有人在这环境的可能状态之下，致力奋斗。因值星期，且在暑假，校长王君没有在校，出来应答的是一位教员王君。从他这里，我们得到许多关于美术学校困苦经营的历史。陕西本来没有美术学校。自他从上海专科师范毕业回来，封至模先生从北京美术学校毕业回来，西安才有创办美术学校的运动。现在的校长，是王君在中学时的教师，此次王君创办此校，乃去邀他来作校长。学校完全是私立的，除靠所入学费以外，每年得省署些须资助。但办事人真能干事；据王君说，这一点极少的收入，不但教员薪水、学校生活费，完全仰给于它，还要省下钱来，每年渐渐的把那不合学校之用的旧校舍，局部的改换新式。教员的薪水虽然甚少，仅有五角钱一小时，但从来没有欠过。新教室已有两所，现在将要落成的是第三所了。学校因为是中学程度，而且目的是为养成小学的美术教师的，功课自然不能甚高。现有图画音乐手工三科，课程大抵已臻美备。图画音乐各有特别教室。照这样困苦经营下去，陕西的艺术空气，必将死而复苏，薄而复厚，前途的希望是甚大的。所可惜者，美术学校尚不能收女生。据王君说，这个学校的前身，是一个速成科性质，曾经毕过一班业，其中也有女生的，但甚为陕西人所不喜，所以从此不敢招女生了。女师校长张先生说，女师学生尚有一部分是缠足的，然则不准与男生同学美术，亦自是意中事了。

美术学校以外，最引我注目的艺术团体是"易俗社"。旧戏毕竟是高古的，平常人极不易懂，凡是高古的东西，懂得的大抵只有两种人，就是野人和学者。野人能在实际生活上得到受用，学者能用科学眼光来从事解释，于平常人是无与的。

以宗教为例，平常人大抵相信一神教，惟有野人能相信荒古的动物崇拜等等，也惟有学者能解释荒古的动物崇拜等等。以日常生活为例，惟有野人能应用以石取火，也惟有学者能了解以石取火，平常人大抵擦着磷寸一用就算了。野人因为没有创造的能力，也没有创造的兴趣，所以恋恋于祖父相传的一切；学者因为富于研究的兴趣，也富于研究的能力，所以也恋恋于祖父相传的一切。我一方不愿为学者，一方亦不甘为野人，所以对于旧戏是到底隔膜的。隔膜的原因也很简单，第一，歌词大抵是古文，用古文歌唱教人领悟，恐怕比现代欧洲人听拉丁文还要困难，第二，满场的空气，被刺耳的锣鼓，震动得非常混乱，即使提高了嗓子，歌唱着现代活用的言语，也是不能懂得的，第三，旧戏大抵只取全部情节的一段，或前或后，或在中部，不能一定。而且一出戏演完以后，第二出即刻接上，其中毫无间断。有一个外国人看完中国戏以后，人家问他看的是什么戏，他说："刚杀罢头的地方，就有人来喝酒了，这不知道是什么戏。"他以为提出这样一个特点，人家一定知道什么戏的了，而不知杀头与饮酒也许是两出戏中的情节，不过当中衔接得太紧，令人莫名其妙罢了。我对于旧戏既这样的外行，那么我对于陕西的旧戏理宜不开口了，但我终喜欢说一说"易俗社"的组织。易俗社是民国初元张凤翙作督军时代设立的，到现在已经有十二年的历史。其间办事人时有更动，所以选戏的方针有时有变换，但为改良秦腔，自编剧本，是始终一贯的。现在的社长，是一个绍兴人，久官西安的，吕南仲先生。承他引导我们参观，并告诉我们社内组织：学堂即在戏馆间壁，外面是两个门，里边是打通的；招来的学生，大抵是初小程度，间有一字不识的，社中即授以初高小一切普通课程，而同时教练戏剧；待高小毕业以后，入职业特班，则戏剧功课居大半了。寝室，自修室，教室俱备，与普通学堂一样，有花园，有草地，空气很是清洁。学膳宿费是全免的，学生都住在校中。演戏的大抵白天是高小班，晚上是职业班。所演的戏，大抵是本社编的，或由社中请人编的，虽于腔调上或有些须的改变，但由我们外行人看来，依然是一派秦腔的旧戏。戏馆建筑是半新式的，楼座与池子像北京之广德楼，而容量之大过之；舞台则为圆口而旋转式，并且时时应用旋转；亦有布景，惟稍简单；衣服有时亦用时装，惟演时仍加歌唱，如庆华园之演《一念差》，不过唱的是秦腔罢了。有旦角大小刘者，大刘曰刘迪民，小刘曰刘箴俗，最受陕西人赞美。易俗社去年全体赴汉演戏，汉人对于小刘尤为倾倒，有东梅西刘之目。张辛南先生尝说："你如果要说刘箴俗不好，千万不要对陕西人说，因为陕西人无一不是刘党。"其实刘箴俗演得的确不坏，我与陕西人是同党的。至于以男人而扮女子，我也与夏浮筠刘静波诸先生一样，始终持反对的态度，但那是根本问题，与刘箴俗无关。刘箴俗三个字，在陕西人的脑筋中，已经与刘镇华三个字差不多大小了，而刘箴俗依然是个好学的学生，我在教室中，成绩榜上，都看见刘箴俗的名字。这一点我佩服刘箴俗，更佩服易俗社办事诸君。易俗社现在已经独立得住，戏园的收入竟能抵过学校的开支而有余，宜乎内部的组织有条不紊了。但易俗社的所以独立得住，原因还在于陕西人爱好戏剧的性习。西安城内，除易俗社而外，尚有较为旧式的秦腔戏园三、皮黄戏园一，票价也并不如何便宜，但总是满座的。楼上单售女座，也竟没有一间空厢，这是很奇特的。也许是陕西连年兵乱，人民不能安枕，自然养成了一种"子有酒食，何不日鼓瑟，且以喜乐，且以永日"的人生观。不然，就是陕西人真正爱好戏剧了。至于女客满座，理由也甚难解。陕西女子的地位，似乎是极低的，而男女之大防又是甚严。一天我在《新秦日报》（陕西省城的报纸共有四五种，样子与《越铎日报》《绍兴公报》等地方报差不多，大抵是二号题目，四号文字。销数总在一百以外，一千以内，如此而已）上看见一则甚妙的新闻，大意是：离西安城十数里某乡村演剧，有无赖子某某，向女客某姑接吻，咬伤某姑嘴唇，大动众怒，有卫戍司令部军人某者，见义勇为，立将佩刀拔出，砍下无赖子首级，悬挂台柱上，人心大快。末了撰稿人有几句论断更妙，他说这真是快人快事，此种案件如经法庭之手，还不是与去年某案一样含胡了事，任凶犯逍遥法外吗？这是陕西一部分人的道德观念、法律观念、人道观念。城里礼教比较的宽松，所以妇女竟可以大多数出来听戏，但也许因为相信城里没有强迫接吻的无赖。

陕西的酒是该记的。我到潼关时，潼人招待我们的席上，见到一种白干似的酒，气味比白干更烈，据说叫做"凤酒"，因为是凤翔府出的。这酒给我的印像甚深，我还清清楚楚的记得，酒壶上刻着"桃林饭馆"字样，因为潼关即古"放牛于桃林之野"的地方，所以饭馆以此命名的。我以为陕西的酒都是这样猛烈的了，而孰知并不然。凤酒以外，陕西还有其他的酒，都是和平的。仿绍兴酒制的南酒有两种，"甜南酒"与"苦南酒"。苦南酒更近于绍兴，但如坛底的浑酒，是水性不好，或手艺不高之故。甜南酒则离南酒甚远，色如"五加皮"，而殊少酒味。此外尚有"酽酒"一种，色白味甜，性更和缓，是长安名产，据云"长安市上酒家眠"就是饮了酽酒所致。但我想酽酒即使饮一斗也是不会教人眠的，李白也许是饮的"凤酒"罢。故乡有以糯米作甜酒酿者，做成以后，中有一洼，满盛甜水，俗曰"蜜劲殷"，盖酽酒之类也。除此四种以外，外酒入关，几乎甚少。酒类运输，全仗瓦器，而沿途震撼，损失必大。同乡有在那边业稻香村一类店铺者，但不闻有酒商足迹。稻香村货物，比关外贵好几倍，五星皮酒售价一元五角，万寿山汽水一瓶八角，而尚无可赚，路中震坏者多也。

陕西语言本与直鲁等省同一统系，但初听亦有几点甚奇者。途中听王捷三先生说"汽费"二字，已觉诧异，后来凡见陕西人几乎无不如此，才知道事情不妙。盖西安人说S，有一大部分代以F者，宜乎汽水变为"汽费"，读书变为"读甫"，暑期学校变作"夫期学校"，省长公署变作"省长公府"了。一天同鲁迅先生去逛古董铺，见有一个石雕的动物，辨不出是什么东西，问店主，则曰"夫"这时候我心中乱想：犬旁一个夫字罢，犬旁一个甫字罢，豸旁一个富字罢，豸旁一个付字罢，但都不像。三五秒之间，思想一转变，说他所谓Fu者也许是Su罢，于是我的思想又要往豸旁一个苏字等处乱钻了，不提防鲁迅先生忽然说出"呀，我知道了，是鼠"。但也有近于S之音而代以F者，如"船"读为"帆"，"顺水行船"读为"奋费行帆"，觉得更妙了。S与F的捣乱以外，还有稍微与外间不同的，是D音都变为ds，T音都变为ts，所以"谈天"近乎"谈千"，"一定"近乎"一禁"，姓"田"的人自称近乎姓"钱"，初听都是很特别的。但据调查，只有长安如此，外州县就不然。刘静波先生且说："我们渭南人，有学长安口音者，与学长安其他时髦恶习一样的被人看不起。"但这种特别之处，都与交通的不便有关，交通的不便，影响于物质生活方面，是显而易见的。汽水何以要八毛钱一瓶呢？据说本钱不过一毛余，捐税也不过一毛余，再赚一毛余，四毛钱定价也可以卖了。但搬运的时候，瓶塞冲开与瓶子震碎者，辄在半数以上，所以要八毛钱了。（长安房屋，窗上甚少用玻璃者，也是吃了运输的亏。）交通不便之影响于精神方面，比物质方面尤其重要。陕西人通称一切开通地方为"东边"，上海北京南京都在东边之列。我希望东边人的物质生活与精神生活的好的一部分，随着陇海路输入关中，关中必有产生较有价值的新文明的希望的。

陕西而外，给我甚深印像的是山西。我们在黄河船上，就听见关于山西的甚好口碑。山西在黄河北岸，河南在南岸，船上人总赞成夜泊于北岸，因为北岸没有土匪，夜间可以高枕无忧。（我这次的旅行，使我改变了土匪的观念：从前以为土匪必是白狼、孙美瑶、老洋人一般的，其实北方所谓土匪，包括南方人所谓盗贼二者在内。绍兴诸嵊一带，近来也学北地时髦，时有大股土匪，掳人勒赎，有"请财神"与"请观音"之目，财神男票，观音女票，即快票也。但不把"贼骨头"计算在土匪之内。来信中所云"梁上君子"，在南边曰贼骨头，北地则亦属于土匪之一种，所谓黄河岸上之土匪者，贼而已矣。）我们本来打算从山西回来，向同乡探听路途，据谈秦豫骡车可以渡河入晋，山西骡车不肯南渡而入豫秦，盖秦豫尚系未臻治安之省分，而山西则治安省分也。山西人之摇船与赶车者，从不知有为政府当差的义务，豫陕就不及了。山西的好处，举其荦荦大者，据闻可以有三，即一，全省无一个土匪；二，全省无一株鸦片；三，禁止妇女缠足是。即使政治方针上尚有可以商量之点，但这三件已经有足多了。固然，这三件在江浙人看来，也是了无价值，但因为这三件的反面，正是豫陕人的缺点，所以在豫陕人的口碑上更觉有重大意义了。后来我们回京虽不走山西，但舟经山西，特别登岸参观。（舟行山西河南之间，一望便显出优劣，山西一面果木森森，河南一面牛山濯濯。）上去的是永乐县附近一个村子，住户只有几家，遍地都种花红树，主人大请我们吃花红，在树上随摘随吃，立着随吃随谈，知道本村十几户共有人口约百人，有小学校一所，村中无失学儿童，亦无游手好闲之辈。临了我们以四十铜子，买得花红一大筐，在船上又大吃。夏浮筠先生说，便宜而至于白吃，新鲜而至于现摘，是生平第一次，我与鲁迅先生也都说是生平第一次。

陇海路经过洛阳，我们特为下来住了一天。早就知道，洛阳的旅店以"洛阳大旅馆"为最好，但一进去就失望，洛阳大旅馆并不是我想象中的洛阳大旅馆。放下行李以后，出到街上去玩，民政上看不出若何成绩，只觉得跑来跑去的都是妓女。古董铺也有几家，但货物不及长安的多，假古董也所在多有。我们在外面吃完晚饭以后匆匆回馆。馆中的一夜更难受了。先是东拉胡琴，西唱大鼓，同院中一起有三四组，闹得个天翻地覆。十一时余，"西藏王爷"将要来馆的消息传到了。这大概是班禅喇嘛的先驱，洛阳人叫做"到吴大帅里来进贡的西藏王爷"的。从此人来人往，闹到十二点多钟，"西藏王爷"才穿了枣红宁绸红里子的夹袍翻然莅止。带来的翻译，似乎汉语也不甚高明，所以主客两面，并没有多少话。过了一会，我到窗外去偷望，见红里红外的袍子已经脱下，"西藏王爷"却御了土布白小褂裤，在床上懒懒的躺着，脚上穿的并不是怎么样的佛鞋，却是与郁达夫君等所穿的时下流行的深梁鞋子一模一样。大概是夹袍子裹得太热了，外传有小病，我可证明是的确的。后来出去小便，还是由两个人扶了走的。妓女的局面静下去，王爷的局面闹了；王爷的局面刚静下，妓女的局面又闹了。这样一直到天明，简直没有睡好觉。次早匆匆的离开洛阳了，洛阳给我的印象，最深刻的只有"王爷"与妓女。

现在再回过头来讲"苦雨"。我在归途的京汉车上，见到久雨的痕迹，但不知怎样，我对于北方人所深畏的久雨，不觉得有什么恶感似的。正如来信所说，北方因为少雨，所以对于雨水没有多少设备，房屋如此，土地也如此。其实这样一点雨量，在南方真是家常便饭，有何水灾之足云。我在京汉路一带，又觉得所见尽是江南景色，后来才知道遍地都长了茂草，把北方土地的黄色完全遮蔽。雨量既不算多，现在的问题是在对于雨水的设备。森林是要紧的，河道也是要紧的。冯军这回出了如此大力，还在那里实做"抢堵"两个字。我希望他们"百尺竿头更进一步"，

在水灾平定以后再做一番疏浚并沿河植树的功夫，则不但这回气力不算白花，以后也可以一劳永逸了。

生平不善为文，而先生却以秦游记见勖，乃用偷懒的方法，将沿途见闻及感想，拉杂书之如右，敬请教正。

伏园
一九二四年七月

（选自《伏园游记》，北新书局1926年版）

朝山记琐

朝　山

人毕竟是由动物进化来的，所以各种动物的脾气还有时要发作，例如斯丹利霍尔说小孩子要戏水是因为鱼的脾气发作了。朝山这件事，在各派宗教里虽然都视为重要；但无论他们怎样用形而上的讲法说到天花乱坠，在我却不妨太杀风景的说一句：除了若干宗教信仰等等的分子以外，朝山不过是人的猴子脾气之发作。我们到妙峰山去的五个人当中，至少我自信是有些如此的。

我国西南一带的山水我没有见过，尝听朋友们讲述是怎样的秀丽伟大而又多变化，在国内大抵要算最好的了。东南我是大略知道的，比不上西南自不消说，但每谓比北方一定是比得上而且有余的。泰山算得什么呢，在北方居然出了几千年的风头，我以为其余可想而知了。所以人在北方是不大会作游山之想的。自去年看见清瘦而又崇高的华山以后，虽然没有去游，但"北方之山近于土堆"的意见渐渐打破了。而妙峰山又是我生平所见第二次北方的好山。在这样的山中行走，我们才知道我们的祖宗从前是怎样的为我们开辟世界，我们现在住着的世界是曾有人不靠物质的帮助而肉搏出来的。我们虽然是步行，在好像用几个"之"字拼合起来的山道上步行，自以为刻苦了，差胜于大腹便便的或是莺声呖呖的坐轿的老爷太太们了；但是我们有开好了的路，有点好了的路灯，沿途有茶棚可以休息喝茶，手上又有削好了随处可以买到的桃树杖，前途又一点也没有什么猛兽或敌人的仇视，而有的只是一见面便互嚷"虔诚！虔诚！"的同一目的的香客。我们是何等的幸福呵！但是我们还觉得苦，这可以证明我们过惯了城市的生活，把我们祖先的强健的性习全丢掉了。

讲究的国家有公共体育场，有公共娱乐所，有种种完美的设备，可以使身体壮健精神愉快的。我们虽然知道这些，然而得不到这些，我们还是一年一回跟着往妙峰山进香的人们去凑热闹罢。

"星霜，星霜！"

在北京城里，街上常见有四担或五担笼盒，每担上有八面小旗，各系小铃，挑着"星霜星霜"地响着招摇过市。多少人不明白个中底细，每当他们是另外一个世界里的人物，从不去过问他们，尤其是我们江浙一带的人为然。但是到了妙峰山，我们才自惭形秽，觉悟自己是另外一个世界里的人物，那个世界却完全属于他们的。

如果你在庙里面等候着，听人说"到会了！"的时候，你要记住这是指庙外面有"会到了"。照例的，先是四担或五担乃至六担八担的笼盒，"星霜星霜"地响着过来，这做叫"钱粮把"，里面放的是敬神的香烛以及纸糊的元宝等等。"钱粮把"的前面是一个壮健的少年捧着供物，这看各种香会性质的不同，例如"献花老会"则捧鲜花，"茶会"则捧茶叶，"馒首圣会"则捧馒首。后面跟着会众，数人数十人乃至数百人不等。"钱粮把"进门后就放在院子里，各人都拿出香——讲究的再加以烛——来燃着，便跪在神前磕头祈祷。少年跪捧表章，居主祭者的前列，由庙祝用火徐徐烧着。表章是刻版现买的，空格上填进供物，会众人数，及会首姓名，放在一个五尺来高的方柱形的黄纸袋中，置于适能插下方柱形的铁架子上，少年的手就捧着那铁架子。这叫做"烧表"。说到"烧表"，我们即刻会联想到光绪二十六年的某事，其实往妙峰山进香的人们的种种举止都可以表示出他们与"光绪二十六年最先觉得帝国主义之压迫"的英雄们是一路的。烧表时庙祝用两枝竹箸，夹着表章，使灰烬落入空柱中，不往外倾，口中尽念"虔诚！""虔诚！"不止。到了将要烧完的时候，"虔诚！"的声浪忽然提高，下面跪着的会众们，一听得这提高的声浪，便大家把脑袋儿齐往下磕。磕犹未了，必有年较长者，忽转身向会众起立，口中很念着几句嘹亮的言语，例如

"诸位！在这里的，除了我的老师，便是我的弟子，我特地磕一个头，替你们祈福！"说着就跪下大磕其头。这种句语大抵是各各不同的，得由德高望重而又善于辞令的人自己去想，例如我另外听得一个是与上述的大同小异，末后却加上一个问题，问会众们："当此灾祸连年的时候，我们这种人不见炮火，是谁的力量？"会众们于是大嚷这是由于神的佑护。这种情境活像是在初行"启发式教育"的国民学校的教室里。答出这个问题以后，会众进香的手续算是完了。——但须看来的是什么会。倘是个少

林会，那么，进香完毕正是他们工作的开始，因为还要在神前各献他们的身手哩。倘是个音乐会，要演奏音乐；大鼓会，要演唱大鼓；梨园中人的什么会，还要在神前演戏，不过角色是完全扮好了来的，演完便各自卸妆回去。"星霜星霜"的"钱粮把"也依然带着。

香　客

除了会众以外，个人的香客的进香方法，就不是这样了。我见有一个是三步一拜，一直从山下拜到山里；又一个几乎是一步一拜，看他样子已经是非常疲乏了，但仍是前进不懈。我们猜测，这一定是自己或是父母——但决不是为了妻子罢——大病全愈以后来还愿的。无论茶棚子里面怎样高声的喊着那——"先参驾！——这边落坐，喝粥喝茶！"再加以"唵！"的一下磬声，这样简单而动人的音调，他也决不反顾。可怜，满眼看过来，对于这种呼声，磬声，这种来往的香客，四周的景物，取一种鉴赏或研究的态度的，实在只有我们五个人。是颉刚兄的主意，未动身以前，先劝我去了洋服，而且沿路一概随俗：对于同时上去的香客，见有互嚷"虔诚"的，我们于是也从而"虔诚"之；对于下来的香客，虽向我们嚷"虔诚"但见同行的人有答以"带福还家"的，我们也从而"带福还家"之。到庙门，是先买了香烛进去的；在庙中，是先燃了香烛规规矩矩的跪拜的；在庙中的客室住了两宵，是完全以香客的资格受庙祝的招待的。我们以为必如此然后可以看见一点东西，否则只落得自己被他们看去，而我们所得的知识一定有限了。

三步一拜，五步一拜，乃至一步一拜的香客到底是不多的，正如全身穿了黄色衣服或红色衣服的香客也是不多一样，这种都是为着重大缘故而来的。其余大多数的人，都像我们一样的走上来，一样的进庙门，一样的跪拜，一样的磕头：我们既敢自信别人一定看不出我们是为观风问俗而来，那么我们也安敢自夸我们是知道别人怀着的是什么心眼呢？我们只能说，在外表上看来，我们都是一样的香客罢了。

照例，香是应该放在香炉里的，但在香炉后五六尺远，就有一堵照墙。照墙与香炉的距离间，左右又加筑两道短墙，这样三面短墙一面香炉恰成一个正方形了，这就是我们烧香的大香炉。我们到的时候，香市渐寥落了，但这大香炉还有倾炸的危险，三面砖墙都用木柱子支撑着。香客们决不能往香炉中插香的，只用整把的线香往大香炉中一扔，这就算是烧香了，

"带福还家！"

娘娘庙的门外，摆着许多卖花的摊子，花是括绒的，纸扎的，种种都有。一出庙门，我们就会听见"先生，您买福吗？"这种声音。"福"者"花"也，即使不是借用蝙蝠形的丝绒花的"蝠"字，这些地方硬要把"花"叫作"福"也是情理中可以有的。对于所谓"福"，我们在城里的时候已有了猜想，以为这一定是进香以后由庙中赠与香客的。如果真是这样，那够多么美妙呵！但是这种猜想到半路已经证实是不然了。不过我们还想，这种花一定是出在妙峰山上的。如果真是这样，即使是用钱买的，我们带回来够多么有意义啊！但后来一打听，才知道京中扎

花铺的伙计们先"带福上山"，然后使我们香客"带福还家"的。经过如此一场大"幻灭"之后，我们宜若可以不买花了，但我们依旧把绒花，纸花，蝙蝠形的花，老虎形的花戴了满头。胸前还挂着与其他香客一例的徽章，是一朵红花，下系一条红绶，上书"朝顶进香代福还家"八字。"代"者"带"也，北京人即使是极识字的，也每喜欢以"代"代"带"，其故至今未明，但"代"字可作"带"字解，已经是根深蒂固，几乎可在字典上加注一条了。

"带福还家"也是一种口号，正如上山时互嚷"虔诚"一样，下山时同路者便互嚷"带福还家"。即使是山路上坐着的乞丐们，也知道个中分别，上山时叫你"虔诚的老爷太太"，下山来便叫你"带福还家的老爷太太"了。山路最普通者共有三条，每条都划分几段短路，每段设有茶棚，并设有山顶女神的行座，大抵原意是如有香客中途不能上山，在茶棚里进香行礼也就行了。在这种茶棚里，所用茶碗茶壶茶桌等都非常精致坚实，镌有某某茶会等字样。而且专请嗓子嘹亮的人在棚下呼喊并打磬，虽然如上面所说，语句非常简单，但他们却津津有味像唱歌般的呼喊着，上山时"先参贺！这边落坐，喝粥喝茶！"，下山则也嚷"带福还家"。他们在城市中打拱作揖拘拘得一年了，到这里藉着神的佑护呼喊个痛快。

余 论

妙峰山香市是代表北京一带的真的民众宗教。我们的目的是研究与赏鉴，民众们是真的信仰。"有求必应"通例是用匾额的，他们却写在黄纸单片上沿路贴着，这可证明香客太多，庙中已经放不下匾额了，也可证明物质生活尚够不上买一块匾额的人也执迷了神的伟大的力而不得不想出一个"有求必应"之活用的方法了。

论到物质生活，低得真是可惊。据说连馒首烧饼等至极简单之物，也得由北京运去；本地人吃窝窝头自不消说，但他们的窝窝头据说也不及北京做得好。食品以外，我再举一件三家店渡河的用具，也可藉以想见京西北一带物质生活之古朴低陋了。河并不宽，造桥是不难的，却用渡船。水上先驾一条铁索，高离水面约五尺许，两岸用木作架支之，索端则用大石块压于地上。河中是一只长方形的渡船，一端向下游，一端向上游。上游一端，有立柱一，与河上铁索相交，成十字形，使船被铁索扣住，不能随河水顺流而下。渡河的人们，就乘着这横走的渡船来往。这是说没有桥的地方。有桥的地方呢，先用桃木编成圆筒，当中满盛鹅卵石，将这种一筒一筒的鹅卵石放在中流，上搁跳板，便成了原始的桥了。总之，这些地方的用具几乎无一不是原始的，我所以说这种旅行最容易令人想起祖宗们的艰难困苦了。

但是靠了神的名义，他们也做了许多满我们之意的事。山上修路，点灯，设茶棚等等不说了；就在山下，我们也遇见一件"还愿毁陇"的新闻。将到山脚的地方，车夫不走原有的小路了，却窜入人家的田陇，陇上的麦已经被人蹯到半死的。我问为什么，车夫说这是田主许愿，将路旁麦田毁去几陇，任香客们践蹯，所以叫做"还愿毁陇"。这是伟大的。此外如山中溪水旁竟写有"此水烧茶，不准洗手脸"字样，简直连都市中的文明社会见之也有愧色了。

　　我对于香客的缺少知识觉得不满意，对于乡间物质生活的低陋也觉得不满意，但我对于许多人主张的将旧风俗一扫而空的办法也觉得不满意。如果妙峰山的天仙娘娘真有灵，我所求于她的只有一事，就是要人人都有丰富的物质生活，也都有丰富的知识生活与道德生活——换句话说就是决不会迷信天仙娘娘是能降给我们祸福的了——但我们依旧保存妙峰山进香的风俗。

一九二五年五月

（选自《伏园游记》，北新书局1926年版）

丽芒湖（节选）

暑假旅行在欧美已成风气，法国人对于这一点还算是比较后起的，但远没有到暑假时节，老早就甲问乙，乙问丙了："你今年往什么地方过暑假？"被问的乙丙，也会即刻答得上来，说他今年往丽芒，往安纳西，或往蒲尔志——除了这著名的三湖以外，还有往海边的，往外国的，甚至也有少数往极东的，或往北冰洋的。

暑假旅行是为的避暑吗？那也不尽然。法国的一般气候，大概与中国的北部仿佛，即在盛暑，也不觉十分难受。而且有的人，竟从凉爽的地方，旅行到炎热的地方去，这又是为的什么？一个最简单而稳妥的答案是：为的旅行。

自然，在暑假旅行中，旅行者也许增加了多少学问，也许证实了多少试验，也许完成了多少著作，至少，也许新交了多少朋友，发起了多少组织。但是，这种都是旅行的副产，主要的目的还是为的旅行。

"暑假"两个字，在中国，是教员学生辈的专用名词。暑假者，教员学生暑中不上课之谓。但在西方，暑假是一切人暑中不作工之谓，或暑中旅行顺便作工之谓。以巴黎为例，许多店铺暑中都关门，连赛纳河边的旧书肆也显着零落，这便是因为他们的掌柜和店员都到别地方过暑假去了。那么暑假中巴黎便很萧索了吗？不然！暑假中的巴黎，比平日只有热闹，因为巴黎也是别处暑假旅行者的目的地。

暑假中工作最起劲的，要算是与旅行有关的各业。男人还穿着厚呢大氅，女人还围着狐皮的时候，便见街上满贴各旅行社的广告了。广告的内容很简单，一点也不啰唆，只是一幅极动人的风景画。下面注着：如愿去者可访问某某机关。说来奇怪，我们中国人来往欧洲常乘他的轮船的所谓"大法国火轮船公司"，负有运送法国帝国主义者往极东侵略的使命的，在这个暑假旅行的当儿也广贴风景画，劝人在暑假中往极东旅行，里面有一幅是中国的宫殿。

在这样热闹的空气里，有的写信往甲地问那里的生活费用，又有的写信问朋友是否也愿同去乙地，火车，轮船，汽车，旅馆，甚至在风景地有余屋出租的房主，一天到晚忙碌的无非为着这件事。

这便是暑假旅行已成一种风气。一句过于犀利的话是一个朋友说的："即使不出去，也要在家中躲几天，表示这几天的确没有在巴黎，这是受着中产思想的支配而无钱或无暇旅行者的行事！"足见要违抗这种风气的不易了。

但在我们中国人，对于这风气却另有一种态度。中国的士大夫阶级了解风景本比西洋人早过多年，对于风景地的点缀，能力也远出西方之上。游览山水，在西洋人是趋时，在中国读书人是本色。工作能力百不及人，游览兴趣从不让人，这是我自己对于暑假旅行的态度了。何况我在巴黎本是游客，大旅行中为什么不可有个趋时的小旅行呢？

这样决定了我的丽芒湖之游。

七月二十三日——初到

也许比做旅行事业的人还赶早，曾觉之兄在春间便将丽芒湖介绍给我们而且约定暑中同去。不幸得很，觉之兄得到家中的电信，因为母亲重病不能不回去，比游湖更大些的计画也都只有暂时停顿着；我骤然失却一位指导一切的良师，不能同游丽芒的事倒反而觉着不值的惋惜了。

觉之兄去年暑中住的是丽芒湖（Lac Léman）畔圣祥奇尔夫（Saint Gingolph）村的贝格杭（Chalet Berguerand）木屋。木屋是瑞士特色之一，因为山中多木材，屋内一切如门窗墙壁等无不用木材做成。觉之兄和贝格杭木屋的主人贝格杭先生贝格杭太太都要好，本来去年便约定今年再去，但是不测的风云难用人力挽回，问我们弟兄也一时不能决定，于是在临走时他先将傅怒安兄介绍给贝格杭木屋主人。怒安兄在六月初旬便去了，因此他继觉之兄而为我们的丽芒湖边的向导。

昨晚八时半在巴黎动身，与夏敬农兄口也不停的一直谈到开车。谈话的内容一大半是由中俄交涉引伸出来的梦呓。说也奇怪，中国有一点点小事，立刻可以影响到我们游客或侨民的体面，比用科学方法制造出来的寒暑表还要准确。这个升降据说已经有好几次了：辛亥革命升，袁氏复古降，袁氏推倒升，军阀内战降，国民党北伐升，国民党腐化降。尤其是最末一次，国民党北伐胜利的时候，据说中国人在卢森堡公园散步，也会无端有人来握手，并大赞许一顿中国的有希望，而一到国民党腐化以后，他们看见中国人便转过头去理也不理了，这一次升得特别高，降得也特别下。因为有这种易感性的寒暑表在，怪不得侨民或游客的爱国心连梦里也要油然而生了。这几天因为中俄的交涉，中国的态度居然有点强硬，引起了巴黎一个旧派报纸《人民之友》的称许，影响忽然及于法国的一般人。敬农兄到警察署去签"动身"，警官对他特别的敬礼，问他："是不是要回国从军夫了？这几天中俄的消息很紧张，我希望中国人打胜！"巴黎大学的俄国同学，路上碰见也要站下来谈一谈，说道："我们现在是交战国了，但不妨趁大家没有上战场的时候，各人抛开了自己的国家观念谈一个畅快。"从公寓里往车站，我们三个人坐在一辆汽车里，汽车夫开车略微不谨慎了些，几乎与一辆从横路里出来的汽车相撞，那辆车里的车夫出言便不客气了，结论是："你以为今天车里面坐了中国人便应该横冲直撞了么？"从这种零碎事实里，东引伸西引伸，像煞有介事的，完成了我们的中国独立梦。

为了要做这个中国独立的梦，连战争也不觉得应该诅咒了，现在的俄国是不是旧皇时代的俄国，现在的中国是不是明治时代的日本，这些事实也顾不得了，人在做梦的夜里真不知道有过去的昨天和未来的明天的呵，我们的谈话真是梦呓！

八时半了！我和三弟在车上，敬农兄在站台上，三个人荡漾在中国独立的梦里，万分舍不得的分别了。

八时半从巴黎动身，直到今晨七时，在车中整整一夜，或坐或站，或行走，或打盹。照例，三等车是八个人一间，这比中国三等车的长条板凳有时竟连长条板凳也不可得者自然好得多了，但人心不知足，觉得没有卧车还是缺憾。同室临窗两个胖商人，当初是忽而饮酒，忽而把衣箱直竖起来当作打牌的桌子，忽而不打牌了，两个人向邻座道一声对不起，各脱了上衣，擦身子，换新衣，忽然起坐，忽在躺下，这样历历碌碌的闹了一夜，直到天明才下去。平心而论，胖子而略黏微汗在身，的确是十分难受的，我曾当几年胖子，这一点很了解，只可惜现在渐渐办着交卸，对于邻座二公的历碌颇有视同秦越之感了。只是对于没有卧车认为缺憾一节，倒还双方意见密会无间的。

二公下去以后不久，七时余，车到贝勒加德（Bellegarde）了。这车是从巴黎直往日内瓦的，我们往圣祥奇尔夫的客人须在贝勒加德下车。自贝勒加德到圣祥奇尔夫，虽然只有九十六基罗米突，但车站倒有二十二个，而且是每站必停的。这些站当中，只有安纳马司（Annemasse）、多农（Thonon-les-Bains）、爱维昂（Evian-les-Bains）三个是大站，其中尤以爱维昂为最大，游客也最多，所以自巴黎到爱维昂有直达的头二等车，至于三等客，那只好多观光几个车站。

贝勒加德四境荒凉，虽然火车站规模也尚不小，但因为一夜未得安眠，觉耳闻目见一无是处，荒凉者固然加倍荒凉，规模不小者亦似无可容足。三弟却有甚好兴致，他自幼便如此，即使在窘迫的境地里，也会设法自娱。今日便又是一例了。他主张在车站里吃东西。这在我是绝不需要的。我现在需要的是嗽口，是洗手脸，是换衬衫裤，是找一个凉爽的地方酣睡。总括一句，我现在需要的是圣祥奇尔夫。然而这那里谈得到呢？九十六基罗米突路，二十二个车站，如果你没有本领即刻生起翼子来，那只有贴贴服服的坐在贝勒加德车站里当"顺民"。至于吃东西，我是老早看见的了。月台上摆着桌子，上面整整齐齐的排着大碗，旁边是一把大咖啡壶。客人一下车来，便群聚到桌旁。真骇人，这样大碗原来是装咖啡和牛奶的，还加上大盘子的新月面包！"这里许是乡下风气了，所以人们的食量怎大"，我这样想过便算了，并不起丝毫艳羡之意。然而三弟却主张与这些大盘大碗去发生关系。说也奇怪，大碗的咖啡牛奶虽然替代不了圣祥哥尔夫，然而喝下一碗以后，精神居然振作多了。于是把行李放在月台上较僻静处，两人随便在车站内外走走。贝勒加德虽是一个各路交叉的大站，然四面望去，无非是高高低低的小山头。本地大抵没有什么工商业。这仿佛像中国的郑州，然而不，那到底还有裴度墓等三两古迹，这里却也没有。只是有一点，或者是我主观的，觉得渐渐有到沙维华（Savoie）的预感。虽然是高高低低的小山头，难道也已经有沙维华的风度了吗？至于车站内，却照例贴有风景画，那却是一点不含糊的沙维华。我们在贝勒加德车站的一小时余，一半就在这风景画上消费去的。

十时半到了爱维昂。现在可更久了，在贝勒加德只等了一小时余，这里却要等四小时，下午二时二十分才有车到圣祥哥尔夫去。我暗忖铁路公司的心理，以为从巴黎到沙维华一带来，爱维昂已经是尽头了，还要再往圣祥哥尔夫等处去，那是不在计算之内的了。而我们却偏偏做了他们计算以外的客人，于是有先看爱维昂的眼福。

这时我所需要的依旧是圣祥哥尔夫，我们身边负担的依旧是重重的两件手提行李，然而爱维昂已在脚下，丽芒湖已在眼前了。其实丽芒湖早在眼前，车经多农以后，便一路沿湖而行，不过此刻坐在车站对面的一家咖啡馆里，四小时功夫尽着享用，赏鉴湖景比在车中时远远的畅快了。

我们谈曾觉之兄。他是从前极爱西湖的，然而他说，丽芒比西湖好得多哩。比西湖好得多的丽芒现在是在眼前了，但从前极爱的西湖我们也还在心头，于是心头一幅西湖图，眼前一个丽芒湖，我们一样一样的比较去。

我们现在算是坐在"西园"里喝茶。和西湖的龙井茶一样闻名世界的，是这里爱维昂的矿泉水。但是我们桌子上并没有，因为这是在全法国无论什么地方都喝得到的，正不必急急然一到爱维昂便喝。我们桌上有的依旧是啤酒和汽水，却外加一张丽芒湖的地图。现在按着地图隔湖望去，对岸迷迷濛濛中似乎极繁华的，相当于西湖蚕桑学校的地位，这是瑞士的名城洛沙纳（Lausanne）。因为丽芒湖的两岸是分属两国的，靠旗下的一岸是属法，对面蚕桑学校等的一岸是属瑞，所以洛沙纳是瑞士的名城，正如此岸爱维昂是法国的名城一样。洛沙纳这个字是近于原音的，这地方前几年开过一个国际会议，在中国报上看见的地名却是"洛桑"两个字，好像他们预先知道我今天要用洛沙纳来比西湖的蚕桑学校，所以特别将"沙纳"二音写成"桑"字来迁就我的比喻似的。

坐在西园里，擎起左手来，一直指过去，远远的，远远的，那不是净慈寺雷峰塔的一只角上吗？不，也许还要远些，一直在南山的山岙，桂花丛的中心，又有一个瑞士的，甚至世界的名城，这就是日内瓦。它是卢梭（J. J. Rousseau）的故乡。它也是世界最大装饰品的所在地。装饰品？那不是说巴黎的著名香料铺胡愎刚（Houbigant）吗？是的，但那是女子的装饰品，这是男子的装饰品，国家的装饰品——国际联盟！

右手斜对岸，似在山脚下，似在水中央，楼阁玲珑的，不是国立艺术院么？不错，一点也不模糊，在丽芒湖里照样有一个，是西蓉古堡（Château Chillon）。

现在回过来看旗下这一岸，法国方面除了爱维昂之外还有什么大城吗？有的，是多农。这是在爱维昂的左首，相当于钱王祠的处所，我们来时火车经过的。至于右首钱塘门的傍近，那便是我们的目的地圣祥哥尔夫了。

丽芒大势，已在指掌，而时间却还不过正午。山德维支，权当午餐，盘子已经空了；不空的却是摆着空盘和空瓶的桌子，和我们的肚子。四周的景物人事，可以看的都看厌了。甚至望着对面车站门口，旅馆的接客汽车一辆辆的开到，一辆辆里跑下接客的人来，衣冠挺肃的，眼光注着车站出口，车站出口一个个的跑出客人，一个个的对着汽车视若无睹，于是汽车夫一个个的都懊丧，一辆辆的汽车又重行开走。他们是懊丧，我们坐在西园咖啡馆里是厌倦，于是也趁着他们开走的当儿，将两件行李付托西园的女侍暂时收存，我们却到湖边去闲逛。

刚才从咖啡馆远望各旅馆的接客者，于懊丧之余，解开了挺肃的厚呢制服，知道我们此刻是在阴地里，而且饮下了如许冰水，倘在太阳光下，气候是颇炎热的。我们虽然已经休息了久久，已经吃过了早午餐的代替品，到底一夜未得安眠的事实依然存在，一身的微汗依然无法摆脱，所以走出旅馆来，仍不敢多向太阳光下去跑路。好在爱维昂有的是树荫，菩提树呀，洋梧桐呀，盖满了到处。爱维昂是一个山城，靠山面水有着许多条路，这条车站门前的大路刚在高下适中之处，上面是别墅住宅的区域，下面是商店街市的中心。贯串上下的，小路固然甚多，但重要的则有一条上山电车（funicnlaire）。我们心中念念不忘我们的目的地圣祥哥尔夫，不愿细看爱维昂，所以上山电车既没有去乘，十余矿泉中最有名的一个嘉夏泉（Source Cachat）走过也没有去饮。打了一个圈子以后知道本地的名产是珍珠，以及螺钿的各种小器具，我们坐下的咖啡馆旁边便是一个珍珠厂，其他便毫无所得了。回到车站附近，坐梧桐荫下，再饮冰水，然后提出行李上车。

三时，我们到了圣祥哥尔夫。

七月二十四日——圣祥哥尔夫

想望了许久的圣祥哥尔夫居然在抱了。昨日下午三时，一下车来，它给我们的第一印象就极好。它是十足的乡下气。如果仍以西湖来比丽芒，那么圣祥哥尔夫之与爱维昂，确像钱塘门之与西园。

真是乡下了，在车站里一问贝格杭木屋便知道，站员即刻指示我们去向，而且对我们说，行李不妨寄存在这里，等一忽儿给我们送来。

与在爱维昂一样，出车站门便是一条大路，而且出车站门一样看见的也就是从爱维昂一直伴我们来到此地的丽芒。只是，所谓大路者，是圣祥哥尔夫惟一的大路，而且，因为圣祥哥尔夫是法瑞交界的乡村，圣祥哥尔夫既有半村属法，半村属瑞，于是这条大路也跟着半条属法，半条属瑞。

我们正在大路上行走的时候，巧遇了傅怒安兄。虽然我们昨天有电报给他，但两方都算不准爱维昂到圣祥哥尔夫的路程，所以只好在路上巧遇。他穿了一套轻快的夏服，这在巴黎是极难看到的，首先令人觉到现在真是暑期了。他是到湖中去洗澡的，既然巧遇了我们便先做我们的向导。

"圣祥哥尔夫半村属法半村属瑞我们是知道的了，但我们住的究竟是法半村呢，瑞半村呢？"我先问他。

"是瑞半村。"

"那么以前我们在巴黎与你通信，都作本国信寄，倒不算欠资吗？"三弟问他。

"所以，有许多地方因为这是一个特别的村子，不能不通融了。村里有两个邮局，法半村里一个法邮局，瑞半村里一个瑞邮局。法邮局接到法国境内各处寄给瑞半村的信，理好打一包封，交由瑞邮局分送。瑞邮局也同样办理。大家都不算欠资。"怒安兄答。

"那么寄出去呢？"我又问他。"你就牺牲一点脚步，寄法国的交法邮局，寄瑞士的交瑞邮局？"

"那自然！一封信里要便宜两封信的邮资，谁也愿意牺牲一点脚步的！"

"如果有一个人寄情书，一心只在情人上，这样复杂的门槛倘一忽略了，倒是要受罚的——受罚自然是甘愿，只是信要压迟一班了。"

"伏老又来了！其实这种小村子里，几天住下来，便满眼都是熟人，即使真的糊涂到这样，邮局也会送回来让你贴好了再寄，甚至会代你送到另半村的邮局去的。"

怒安兄从邮局又讲到税关。国界上的税关最注意两国价格不同的东西。瑞士禁酒，人民团体与政府机关协同办理，所以捐税极重；而法国是一个酒国，法国人管理小孩子别的都极严紧，而对于饮酒的放任却认为理所当然。因为两国风气如此不同，所以瑞半村的税关最注意法半村里的酒。但同是一种风气，瑞半村禁酒决不会影响到法半村来，法半村饮酒倒极会影响到瑞半村去。于是住在瑞半村里饮酒的人便苦极了。

"曾经有过一个故事的，"怒安兄说："有一个人住在瑞半村里，从法半村买酒回家，被税关搜出了，捐得极苛；第二天他背了一张桌子，放在法半村的边界上，坐起来大喝特喝；喝罢回家，拍着肚子对税关人员说，酒在这里，你还捐不捐呢？"

说到这里，我们三个人真走到法瑞两国的边界上了。割开一个乡村而定为两国的国界，初听似乎好不自然，其实也有它自然的界限，这是两山之间的一条小溪。溪上架一条石桥，就把两条大路连而为一。桥左是法国税关，边界上站着四个税吏，桥右是瑞士税关，边界上也站着四个税吏。两方都恭恭敬敬的静听着桥下两国共有的潺潺的水声。

对于法国方面，我们要出境，不必费什么手续的。入瑞士境的时候，税吏以外还站着一个国家宪兵的兵官。这似乎两国是同一制度，法国也这样，无论如何的穷乡僻壤，必有数名国家宪兵驻扎着。有时只有一名，兵也是他，官也是他。这站在瑞半村里既高又大似乎要和我们为难的大概就是这一类了。但是奇怪，傅怒安兄跑到他面前，把我们介绍给他说："这就是我常同你说起的两位朋友，现在来了。他们大抵不会住久，两三礼拜便回巴黎去的，你也不必验他们的护照了。"他毫无异议，我们便容容易易的做了瑞士人了。

于是接谈我们的税关。法国方面的四个税吏注意的是什么呢？是烟、钟表和巧格力糖。烟在法国是国营的，价比别国都贵，外国烟尤其贵。美国的吉士牌烟卷，在上海值小洋两角的小包，在法国值六法郎，合中国小洋八角。和瑞士比，相差虽然没有这样远，但已和瑞士特产的钟表和巧格力糖有同样被注意的价值了。

税关之外，还有铁路也是如此。我们从贝勒加德来的车，是一直通到瑞士去的，但在圣祥哥尔夫有两个车站，我们刚才下车来的是法国站，现在步行要经过它门口的是瑞士站。也和在大路上步行一样，乘火车越过国界，须受税关的检查。

铁路之外，还有轮船也是如此。丽芒湖上有一种轮渡，从日内瓦起，走着"之"字的路线，左岸停一埠，就到右岸去，右岸停一埠，又到左岸来，一直走到圣祥哥尔夫，再走着"之"字向日内瓦。轮船大小约如南京渡江的"澄平"，但共有二十艘，船名都用与丽芒有关的一切，如"丽芒""日内瓦""洛沙纳""沙维华"，等等。这可以说是丽芒与西湖不同的地方。西湖有四千号"划子"，数目固然可惊，然如跑到葛岭上面一看，好像一片桑叶上的蚕蛹，满湖几全是这种一条条灰白色的东西。丽芒有二十艘大轮船，但我们所看得到的，常常是全无影踪，至多有一艘两艘经过。至于税关的问题，轮船倒是没有，只是在船头和船尾插两张国旗，表示它来往于两国公共的湖上便了。不过乘客须随身携带护照，虽然未必会验，如爱维昂洛沙纳间的对渡，却不像在圣祥哥尔夫来往于法半村与瑞半村那样简单，总须有一本小书模样的东西在手（甚至不是护照）才妥当。

我们三个人一边谈话，一边鉴赏着圣祥哥尔夫的风景：前面是丽芒湖，不必说了，后面却是高山，参差错落，与湖滨其他各埠迥然不同。圣祥哥尔夫不及其他各埠的繁华也许以此，他能够保持他的乡下气，令人觉得比其他各埠更可爱者也是以此。就在这高山的脚下，怒安兄指点给我们：仿佛在一张绿色的桌毯上，摆着一件象牙的雕刻，工作是细致而又质朴的，那便是贝格杭木屋。木屋造成还不很久，而且主人爱素淡，所以未加油漆，木材的本色用山景衬托出来，造成这样惊人的美丽。可惜他们的余屋已经答应了一家朋友，所以怒安兄给我们预定了别一处，是德立发夫人（Mme Derivaz）家。我们便跑去见德立发夫人，但两间屋只有一张床，于是我先住下。不久车站里的行李送来了，我们便尽量的把夏衣换上，但叫人佩服的是送行李来者原来就是刚才的站员自己。

昨夜怒安兄归贝格杭木屋，我住德立发夫人家，三弟到美景旅馆暂住一夜，三人约定今早相见，同去游湖。

今早三人在美景旅馆里相见，我把怒安兄当作圣祥哥尔夫的主人，向他盛夸昨晚气候的凉爽。这仿佛像前年我从武汉跑上庐山一样，初秋盖了薄棉被还嫌太冷，现在而且是盛夏。三弟则除了觉得凉爽以外，又听了一夜的水声，因为美景旅馆正在法瑞两国交界的溪旁，溪水就从他房间的窗外流过。

"丽芒的可爱不仅是这些哩。今天上午我们一同钓鱼去。我出来的时候已经将钓鱼的器具放在船上了。"我们于是依了怒安兄的提议，三人一同走出美景旅馆，到了湖边停船的处所。船的模样，也仿佛就是西湖的划子，不过江浙人皮肤娇嫩，划子上必用遮阳，这里却是没有的。所谓停船的处所者，如在爱维昂那种大埠，几十条船由一个人经管，你选定了那一条船以后，便由他给你解缆，约定几小时以后还他。圣祥哥尔夫村子较小，游人不多，所以怒安兄熟识的那一个埠头，虽然也有十几条船，却值不得由一个人经管，租船时须自己跑到市上一家咖啡馆去接头，解缆系缆都由租船者自己担任，回来时自己跑到咖啡馆去付船租。这与西湖的每一条划子有一个船夫的情形大不相同。

我们三人便上了船。照这里的办法，所谓三人乘船者，这三个人当然既是乘客，也是船夫。但他们两位是丽芒式的，我却是西湖式的；丽芒式的人跑到西湖去，垂拱而天下平的事是谁也会干的，我一个西湖式的人跑上丽芒来却束手无策了。恰好怒安兄忽然敬老起来，我便划了船头一席地作养老院，两位少年桨手都非常努力，我趁着便宜一路顺风的同他们驶向目的地去了。

"我到现在还没有看见你的钓竿呢，"养老院里的老人照例是多嘴的，"你所谓钓鱼器具放在船上，到底放到那一条船上去了？"

"说来话长哩，器具在这里！"怒安兄此时从船板底下摸出一个白铁罐来，罐里头一束线，线头上亮光光的一个白铁钩。

"没有别的了？"我们出惊的问他。

"都在这里了！"怒安兄用法语回答。

"那么引饵呢？"三弟总有点疑惑。

"那是没有的。钓鱼本来须领照会，与巴黎塞纳河（Seine）上钓鱼的办法一样。但照会只限于有钓竿的人，不用钓竿可以省六法郎的照会费。至于引饵，那是随便的；我因为小鱼之类都脏得很，而且听本地一个小孩子说，只是亮光光的一个钩子荡在水中，鱼倒会来吞，有了引饵他反不会来吞了。我试了几次，果然。"

"但我总替你担心呢，这似乎是一注买空卖空的生意经！"

"你老先生还是躺着罢，我们预算今天中饭够三个人吃的鱼呢。"少年的勇敢的态度，可爱的少年的勇敢的态度。

目的地是离圣祥哥尔夫二里许一个临湖的庄子的树荫下。"这是伯尔尼（瑞士京城）一个大商人的别墅，只有盛暑来住一月的，平时都空着。"怒安兄说。

太阳光下两里路的生活，养老院里的我都觉着真是盛暑了，何况在手不停桨的两位少年。现在树荫下正好是休息的机会。照法国老辈的说法，这样的一暴一寒是于身休有损无益的，所以从太阳光下到室内，最好是先在屋檐下半阳半阴的地方站立几分钟，免得到室内骤然接触冷空气。但这里是树荫，刚刚合于这种哲学。太阳光依旧继续的照下来，但被树枝树叶筛成零零碎碎的小块。他透过树枝，先照着我们，使我们不致受寒。再照到水面，水面受微风吹动，金光闪烁，与树影织成透明的锦被。再透过锦被，照入水中，使我们看见我们的敌人的一举一动，还清清楚楚的看见敌人的背景的湖底。鱼也许和我们一样，觉得太阳下太暖，阴地里又太寒，所以群聚到这树阴里窜来窜去的罢？还是舍不得这明媚的湖光，不忍让远客独享，必亲身加入，而为美景中的一部演员，然后这美景才算尽美呢？还是它们已经窥破了远客的心事，早已成竹在胸，所以毫无畏惧的神气呢？

"照平常，这许多功夫，已经几十条都钓起来了。而且平常还没有这样多的鱼。"怒安兄一边牵着钓丝，一边这样的叹息。

"也许你平常是在阴地里，他们看不清楚；今天在太阳光上，明明垂着一个亮光光的白铁钩，他们岂肯来上这个当呢！"三弟帮着牵动钓丝，这样答他。

怒安兄看着表："现在已经十一点一刻，今天午饭看去吃不成鱼了。再等他五分钟，如果再没有来的话，我们也该动身回去吃饭了。"

"在我倒觉着观鱼也有意思，钓得钓不得反若不关紧要似的。如果要吃鱼，等一会到美景旅馆叫一个吃不是一样吗？"

"二哥真是东方思想得利害！"

午饭我们果然在美景旅馆里吃鱼。美景旅馆门口一个临湖的院子，上面密密的盖着菩提树的枝叶，树下参差的摆着几十张餐桌，是一块午餐最适宜的地方。本来吃饭的时候最忌吹风，法国人尤其视为一种真理，因为是屡试不爽的。所以在家庭里吃饭，如果女仆上菜时双手托了盘子，逢开了一忽儿门，老太太们便万分着急："玛利！玛利！快快快！关门关门！"但这所谓风者，一定是指两头窗门，或一头窗门一头门同时开着的流动空气而言，倘只开一头，便没有什么忌讳了。火车里，电车里，有的不懂法国风气的外国人，开了两头窗门往往会受责问的。但索性在整个儿空旷的地方，便又不怕了。盛夏，也是不怕的。现在美景旅馆门口，当着这样的盛夏，对着这样的美景，吃着虽然不是自己钓来而其味当然一般美的鱼，微风拂拂的扑上身来，我们自然只有好感，不会畏惧的了。

饭后三人分散各睡午觉，到三时再约齐了同到湖上去洗澡。怒安兄已经有了一帮洗澡朋友，每天下午不是他去约他们，便是他们来约他。我和三弟虽同他们一起去，但都没有洗，却坐在一块岩石上看风景，谈闲天。

晚饭我们学瑞士风气，只吃一杯牛奶和一块面包，没有其他荤食和咸食。怒安兄说："我当初也吃不惯，一次两次以后就不觉得什么了。"我说："这可动不得，一之为甚，其可再乎？"以后便继续上天下地的乱谈。但我总觉得有一件事没有做似的；拿起烟斗，抽了几口，也不自在；这才觉悟到千不是万不是还是因为晚饭没有吃咸食。但是此刻还有什么法子呢？如果丽芒换了西湖，那么跑到"碧梧轩"，叫上一碟"鲞品鸡"，不是一切问题都解决，只要继续上天下地的乱谈便好了吗？即使不往碧梧轩，在自己家里做一碗蛋炒饭，不也就是咸食了吗？但在饭食如此有规定时间的西洋，不单是不能如此实行，就算是如此空想也会被人看成疯子的。此刻是什么时候？是午夜十一点钟了。除非在巴黎，那还可有半夜饭吃，但这里是圣祥哥尔夫。固然德立发夫人家里的锅灶可以借用，但此刻去借用锅灶不是叫人笑话吗？而窗外是大风忽起，雷电交作，雨点像乱石般的向窗上掷来了。幸而三弟记得，我们行李里头还有罐头带着，开了一小罐鹅肝，空口吃完才算了事。

幼年听大人们的教训，小孩子不要太安逸惯了。安逸惯了会吃不起苦的，长毛时候是连想吃一碗白饭都得不到呵！唉，现在国内又在那里过长毛时代了！

怒安兄直到雷雨完了才回贝格杭木屋去。

七月二十七日——丽芒湖上

前天自溪流回来，又下大雨。昨天上午有小雨，我们只在湖边走走。圣祥哥尔夫这条大路，其实是沿湖国道，一边达瑞士的蒲佛孩（Bouveret）一边经梅叶离（Meillerie）都红特（Tourronde）而达爱维昂。小雨不足畏，我们便一直向着梅叶离走去。梅叶离是一个渔户和石匠的村子，摆仑（Byron）游丽芒时在这里遇大风的。但是天气变动得太快，小雨忽然大起来了，大雨停止忽然又出太阳了，天空的云块飞快的来来往往了。大雨时我们跑下大路去，在紧靠湖边一所新造别墅的廊下躲着，太阳出来了便在水边劈石子。这种天气很像江南的桂花鸟，春夏之交例有一个黄梅时节，这却是秋夏之交黄梅时节了。既不觉着炎热，也不觉着凉爽，但觉略有运动以后，遍身发出一阵微汗，这微汗使人疲倦，使人消极，使人不愿意有任何动作。我们望着前途，虽然圣祥哥尔夫到梅叶离只有七基罗米突路，虽然已经走了一半以上了，但那小半的路上如果没有这样一所别墅，下起大雨来将怎么好呢？"摆仑呵，我们今天不能看梅叶离了。"

回到家里三人自己弄午饭。

下午计画今天游湖的事。茶叶鸡蛋便于携带，先放在家里煮，这是主要粮食。我们再出去买点心之类，却见法界咖啡馆的门口群聚着小孩。我们挤在里面去一看，原来是一个游行音乐家在咖啡馆里演奏。我们也就占据着一席坐下了。各人都叫了一杯屈波纳（dubounet）。音乐家举起杯来向众客人招呼："这是人生呵，美酒、妇人和音乐。"大家饮了一口酒，音乐家便续续的将《浮士德》《斩龙记》等名曲一出一出的弹去。每弹完一曲，各桌上的客人都送过一点钱去到他面前，有一法郎的，有半法郎的，也有二十五生丁的。照例他自己可以来收：但他是没有了一条腿的，而且从他的领徽可以看出，他是一个大战时代的伤兵。法国电车地道车公共汽车里都贴着一种条告："切莫忘记：标着号码的几个坐位是留给大战时代的伤兵的。"但是他们数目到底不多，所以平时客人拥挤的时候，这每辆车里的四个座位也常有客人坐着，只是一边留心，见有伤兵领徽的人来便让他。这是他们敬重伤兵的习惯，今天每桌上的客人都送钱到音乐家面前去也是这个意思。

听罢音乐，买了零碎东西，回家打算今天的路程。

也像西湖的有里外湖一样，丽芒分为大湖小湖两部分。靠近日内瓦的一角，相当干西湖小南湖的地方，湖面忽然收小，这是小湖。其余便是大湖。但丽芒与西湖的成因很不相同。西湖是山水注入，蓄而为湖，形如蛛网。但因地势较高，须筑闸以防之，而昭庆寺一角上，仍终日有水溢出。丽芒却是一条大河（名Rhône）中间的一段，好像水蛇吞了癞虾蟆，一时不得消化，因而成了鼓起的大肚子。相当于昭庆寺的处所，恰恰与西湖相反，夹于蒲佛孩与维尔纳夫（Villeneuve）两村之间，是丽芒湖水的入口。一边日内瓦则是丽芒湖水的出口。出口以下，入口以上，一般的都叫何纳河。我们今天打算游的是大湖的靠近入口一角的各埠，就是说，从钱塘门起，到苏小墓附近为止的各处。

我们的房东德立发先生是输渡的驾驶员，我们恰好请教他一切。他说这样最好是先乘船到维尔纳夫，然后一处一处的游过去，到西蓉古堡，到蒙德欧（Montreux），到克拉杭（Clarens），至多到佛佛（Vevey），便可以乘船回来，这几处已经够一天玩的了。而且他今天早上正要去上工，于是陪了我们一同到船上。也是他通知我们，这些村子是真的瑞士了，不比圣祥哥尔夫的瑞半村了，我们须将法国钱换成瑞士钱。瑞士的法郎就是法国战前的法郎，比现在法国的法郎贵五倍。我们从圣祥哥尔夫到维尔纳夫的船价是八十生丁，就等于法国的四法郎。

上船以后我们便与德立发先生分手了，我们站在舱面上自看风景。我们回看圣祥哥尔夫。我们平日自以为村后高山在湖上要算最高的，不错，离开圣祥哥尔夫一看，依然是全湖的最高山。只是圣祥哥尔夫的全村，却出人意外的微小了。圣祥哥尔夫与蒲佛孩两村相距只有五基罗米突，我们在湖上远看去，两村益发宛如一村。所以圣祥哥尔夫高山，也就是蒲佛孩的高山，更分不出什么彼此。只是这带高山完了以后，那边维尔纳夫方面的高山还没有起头，中间却显然的现出一大个空缺，即刻令人看见两高山间大块的天空，这便是丽芒的起点，何纳河流向丽芒的入口。远远的望去，看到丽芒在这角上是黄色的，而且水声都似乎听得见。黄色一角的两旁，是一片丛树，尤以白杨为最多。这一片丛树的地方，未必尽是河流，在地图上也看得出，不但没有高山，连小丘陵也没有，这是洼地，何纳水涨的时候难免要淹没的罢。

当着这个入口上，有一个再小也没有的小岛（Ile de Peilz）曾经摆仑描写过的。我们从前以为三潭印月不算小，阮公墩总要算天下最小的岛了，那知与这个小岛一比，阮公墩也许还是大洲呢。我们虽然没有上去，因为轮船是不停的，但远远的望去，岛上只有两棵树，岛外只有三五只白鹅，我想第三棵树固然未必种得下，这几只白鹅也许因为岛上无可容足才浮到水面上来的罢。

船靠维尔纳夫的岸了。这里也像法国岸的圣祥哥尔夫一样，是瑞士岸的终点，所以没有多少人下去。在下去的客人中间，我却是最先的一个。我看见轮船码头上站着一个穿制服的船员，并不注意他，一心只顾着岸上的一切。他忽然朝我招呼了一下，又伸出一只右手来，我心里想，瑞士人是招呼游客惯了的，看见外国人，所以来拉手罢，便也伸出一只手去和他一拉。谁知拉完以后，他的手还没有缩回去，我便觉得有些奇。只听他很和蔼的说"票子，先生"，我才恍然大悟他原来是轮船公司收票的，我未免太糊涂了。三人对着大笑一阵。此时还只早上八点余钟，我们反正准备畅游这一天，不妨先去一探何纳河之源，乃一直向何纳河入口走去。谁知走了二三十分钟，觉瑞士街道清静整饬固远出法国之上，而何纳河之源到底没有希望，不如改日再作计较，只在维尔纳夫船坞旁徘徊了一下，便折向摆仑大旅馆这边比较热闹的处所走来，各人都买了一点小纪念品，我是一只角质酒杯，刻有维尔纳夫字样的。

沿湖步行了二十分钟，到西蓉古堡。这原先是一个十二世纪的建筑，因为十六世纪初年在这里监禁过一个为争日内瓦的独立而得罪于沙维华公爵的牧师（Bonivard），十九世纪初年又经过摆仑的歌咏（The Prisoner of Chillon），所以如此闻名世界。上次我们在爱维昂的咖啡馆里远远望过来，说它似在山脚下，似在水中央，现在知道它既在山脚下，也在水中央——钓桥放下时，古堡与陆地相通，是在山脚下了；钓桥收起时，古堡四面环水，又在水中央了。我们在钓桥边买了一本摆仑的诗，拿在手里，便经过钓桥走到堡中去。进门第一层里，最重要的便是监狱。幽暗阴沉，与其他古堡一样，心上受着一种重压，令人转不过气来。因为现在古堡已成为博物馆性质，故愈加陈设得维妙维肖，只恨不能起波尼伐于地下而请他重入一次地狱，乃在波尼伐曾被拴的一支柱上特别加以说明，并在柱旁悬一幅大画，画中背景就是这间监狱，丝毫没有差异，只在柱上加拴了一个正气凛然的波尼伐，使观者觉得所游并非博物馆，却明明是十六世纪初年的西蓉便了。第二三层里重要的有餐厅、法庭、武士住室、公爵夫人卧房等。餐厅食具及炉旁烧烤锅叉，后者铁制，前者锡制，都是十五世纪时物。法庭内且有十五世纪时的木质浮雕天花板。其余武士室、公爵夫人卧室中，其陈设除旧有者一概照原位置外，新添的也特别模仿到古气盎然。至于全堡，自远处望来，如一座石英结晶体，棱角玲珑的，那是它的瞭望塔。塔中窗户，仅像门缝那样一线，大队游客，登临极感不便。幸向导的小姑娘处处照顾，我们得了便宜不少。此种小姑娘，大抵十八九岁模样，口头讲得流利的英法德语，因为她所带领的游客中。世界各国人都有，所以匆匆忙忙的讲完一口话，即刻又讲第二口，当然在我们以为是流利可喜，在她自己一定以为刻板可厌的了。

出了西蓉古堡，我们又在它的旁近徘徊久之。我们不禁想到了中国。古堡建筑的时代，正当中国南宋，西湖也正出着风头。但那时有谁歌咏丽芒呢，看古堡的遗迹，沙维华公爵所豢养的，武士以外还轮不到诗人。而他们毕竟脱出了中古黑暗的时代，古堡只供后人的赏玩了，中国即使早把西湖歌咏到烂熟，现代文明的曙光始终未见奈何！

我们乘电车到蒙德欧。蒙德欧的夜景，我们在圣祥哥尔夫的轮船码头上，是天天望见的。江南的夏夜，老农叹息着，星辰这样多，这样明，明天一定要更热了：蒙德欧的电灯仿佛似之。不过这样明而且密的星辰，我在中国北方及巴黎都很少看见，所以我特别回忆着江南。现在我们到了江南的天上了。这样清静，整洁而又繁华的城市，我在法国几乎没有见过。甚而至于我们不敢拿出茶叶蛋等东西来，怕吃完了以后没有地方放蛋壳。但是事有凑巧，湖边凳上坐着一对美国人模样的男女，已经打开了食物包，而且我们自己也发见了每隔一二十步路有一个字纸篓，虽然十分清洁，里面并没有看见字纸，但是我们用报纸包了蛋壳，不也是字纸一类东西吗，于是决定另找一凳坐下吃了。

蒙德欧第一可看的东西是古蒙德欧博物院。然而我们踌躇。如果我们是住在蒙德欧的，那么走进古蒙德欧博物院去，看见如此清静，整洁而且繁华的城市，万千年前不过如此如此，好像住在巴黎时走去参观贾那华勒博物院，一定是很有意思的。然而我们对于眼前的蒙德欧还没有研究，只有一个囫囵的赞美，即使参观古蒙德欧博物院的结果，其能把古蒙德欧的印象清清楚楚摆在眼前了，趣味又在什么地方呢。

我们一边吃茶叶蛋一边商量，结果是舍去古蒙德欧博物院而另提第二个可看的东西，这便是曾觉之兄指示给我们的湖边垂柳。垂柳在西洋是极少见的，诗人缪塞（Alfred Musset）因为爱柳，所以有人到他的坟上去种了一棵，这也许是我们在巴黎看见的惟一垂柳了。垂柳而在湖边，凡是中国人谁不神往呢？所以一提出来三人即刻同意，决定吃完茶叶蛋便去访柳。

蒙德欧现在繁华了，所以范围扩大，与邻近四五村房屋都连接起来，克拉杭也是这样的一村。严格的说，蒙德欧自蒙德欧，克拉杭自克拉杭。若论事实，蒙德欧左边确已并合了德利德（Territet）、柏浪墟（Planches）等三四村，左边也包括了克拉杭，甚至有渐向佛佛的趋势。这克拉杭和佛佛，都经卢梭在小说（La Nouvelle Héloise）里描写过的。尤其是克拉杭收获葡萄的几页，极用力的寄托他那大自然中的家庭理想。今天我们去访的垂柳，便在自蒙德欧到克拉杭去的湖滨一带。

垂柳不是成行的，先看见两三棵，再看见一两棵，这于我们的步行很有用处。我们在柳阴下坐了许久，照着相，谈着天，忆念着中国风景，然而时间难免不够了，正是舍不得走的时候，前面又来了三五棵，于是我们舍此就彼，这样一路的过去，直到克拉杭。

克拉杭浮面一看，无非是蒙德欧的缩小。现在要找葡萄园，恐怕难了。此外，这里有几个名人墓，我们也无心去看。我们把克拉杭只看作访柳的终点，终于硬起心肠，登上电车，向着佛佛的方向去了。

佛佛的交通很繁盛，又因为对湖是梅叶离而愈加得名。卢梭摆仑曾经描绘的痕迹，至今游客还在仔细摩挲。我们先在市场旁近转了一个圈子，观察了一下佛佛的大势，时已将五点，乃在咖啡馆坐下休息。因见有条告不卖酒，便打听他缘故，他说这是公共团体发起禁止的，本城有十二家咖啡馆自动不卖酒，我们如果要饮，他备有没有酒精的果子露。苹果的，梨的，葡萄的，我们饮了，味均甚好。我们直坐到轮船靠近码头，才放下杯子乘船回圣祥哥尔夫。

七月二十九日——山村

前日在湖上只是打了一个小圈子，竟然疲倦到连昨日上午也无意出门。所谓一个小圈子者，就是由钱塘门到苏小墓，或者说由圣祥哥尔夫到佛佛，这可见丽芒与西湖的面积相差实在不少。在西湖上，不但说由钱塘门到苏小墓，就是整个的外湖一周，我也和三弟用半天功夫一同绕过。现在这里有了轮船和电车的帮助，费了整整的一天，结果还落的两腿酸麻，把昨日游诺得尔的原约也打消了。幸而我们当中有一个勇敢的少年，昨日午饭时分，大家的疲倦渐见恢复，他便提议到近地走了。所谓近地者，就是与圣祥哥尔夫相距五基岁米突的蒲佛孩。昨天是蒲佛孩赛船的节日，尤其引动少年英雄们的视听，我们便在烈日下步行着去了。我们到时正值开赛。司令者高叫村名，闻令即有三人快步跑到司令台前，解缆，取舵，携桨下船，举动迅速，唯恐不及。下船后一人司舵，二人司划桨，飞向湖心驶去。湖心植一红旗，船绕红旗以后，即转舵回向司令台。评判员手持时表，我们虽在远处，也响应着司令台的举动，各人拿出自己的时表来注视。自出发时起，直到船回司令台前，重新系缆，并将舵桨等物安放周妥，第一村需时四分五十秒。然后司令者再叫另一村选手三人动作如前。我们一起看了五六村，最后有四分半钟的，最慢也有五分半乃至六分钟的，但竟不见有圣祥哥尔夫的选手，也不闻司令台上高呼圣祥哥尔夫的村名。这可见我们这个村子实在不大，平日就甚少听见说起有所谓运动员，昨天的不能与赛自是意中事了。圣祥哥尔夫既没有代表，一村一村的照例举动在我们看来也厌呆板，头顶上的烈日逼人实在太甚，而到底咋日的疲倦当未完全恢复，有此种种原因，我们于是看赛船不能终局，便乘轮船回圣祥哥尔夫了。三人约定早早休息，今日一定同去游诺佛尔山村。

诺佛尔山村便是德立发夫人说过前四年曾遭火灾的那个村子。村子是属于法国的，位在溪流的上游。如果从法半村上去，那道路是极为单简的。但我们偏由瑞半村去上，一则喜欢它道路曲折。行人稀少，可以多接近些山野风味！二则溪流是透早一定要渡过的，但在天天必经之路的桥上再去与两国关吏各道一声"好吗"有什么意思呢，倒不如由瑞半村上去，把渡溪这件事留作听天由命的解决，什么时候有一条溪流放在我们眼前了，什么时候我们认为有渡溪之必要了，我们才渡溪到法国地界去。

我们先走过贝格杭木屋。我曾说，它像一座象牙雕刻品放在绿绒桌毯上。我们今天，就是钻向这绿绒深处。说也奇怪，在赏鉴贝格杭木屋时，这绿树，绿草以及绿色的一切，便是衬托这象牙雕刻品的桌毯，但是一旦像微尘般的三粒钻向这桌毯的绿绒深处去，却见里面依然有枯黄的树叶，有平坦的道路，有野生的红果，有嘤嘤的鸟语，似与绿绒的织成完全无关的，又似与绿绒的织成完全无妨的。绿绒之所以为绿绒，就是枯叶、道路、红果、鸟语等等的总和吗？还是绿绒之所以为绿绒，就因为它能容纳这枯叶、道路、红果、鸟语等等以无关又似有妨的东西，才成其为绿绒的纯绿呢？这不是微尘们的眼力所能见到的了。

微尘们的眼力究能见到多少呵！离我们的前面大约十丈路，一位全身黑衣服的老太太，背着一个白布包袱，一步一步的朝前走去。

"教士看报！教士都看报吗？好关心时事呵！但教士在路上看报，我却今天第一回见！"

这是三粒微尘中最少年的一粒说出来的，那其余的两粒此时如堕五里雾中，真不知道他说的什么。及至详细追问，那少年的右手指着前面的老太太，却令那两粒微尘笑不可仰。但此时轮到少年的一粒如堕五里雾中了，又转向其余的两粒详细追问。那两粒中的一粒抑住了笑，叽咕他的近视眼说：

"将包作报，认女为男，不辨腹背，妙哉怒安。"

三粒微尘又大家捧腹大笑一阵。

一路行去，不久却追上了这看报的教士，我们互相招呼了。原来这位老太太一边慢慢行路，一边手上却编着毛绳工作，使得她的步履慢而又慢。这也是我们这位少年所以不辨腹背的一个原因。从此四人一同走去。她自是不及我们走得快，但我们有时忽然听见溪流的声音了，站下来神往一回，有时忽然看见什么不经见的奇花异草了，又站下来赏鉴一回，于是老太太赶在我们的前面了。这条一层一层盘向高处的路，因为是在丛树之中，所以如此清幽，如此静穆，几乎清幽静穆到令人不敢走了，如果是在中国。一直到略见村宅的地方，溪流渐收渐小，只要一棵杨树倒在溪上便可以渡岸了，于是我们就靠着这棵杨树及溪中几块大石头的帮助，轻轻松松的又到法国了。杨树是不认得什么国界的，"只要能联起你们来，倒了我怕什么呢"。它第一天倒的时候也许是这样想的罢，只是渡过溪流以后，却分别了看报的教士。她行了一路，虽慢也感疲倦了罢，就在草地里坐下了。我们所以能在杨树上跨越国界，却也靠她的指示呵！

渡溪就到诺佛尔。一早动身，此时已十一点了。照指南云，从圣祥哥尔夫到诺佛尔，步行但需一小时四十五分钟，我们竟行了半天，因为我们是与看报的教士一般快慢呵。然而无论如何走的慢，其需要休息却是一样，于是便在两三棵大菩提树下坐定，这是一个旅馆（Hotel Grammont）的院子，设有餐桌等等的。院子中除了我们三人以外，只有和我们同住在圣祥哥尔夫的一队旅行的中学生，恰也陆陆续续的来到。但他们是要到勃朗夏峰（Mont Blanchard）去的，当然不像我们一般闲散。前锋的一部分同我们休息了一会，待殿军的教师来到，只停了和我们寒暄几句的功夫，便又率领着大队走了。院子里又只剩下我们三个人。

旅馆的侍女是安纳马司人，姓了一个法国诗人的姓（Musset），却又取着一个中国诗人的名（Blanche），已够给人一种好感了，何况再加上殷勤的招待呢？我们打量这旅馆，虽然也很阔大，但似乎并没有客人，甚至像我们这种过路吃一顿饭或饮一杯酒的，除了我们三人以外也竟没有第四个来到，不错，游人所最注意的是特点，本村的特点在什么地方呢？确不大找得到。固然如德立发夫人所告诉我们，火灾以后新屋比前更高大，村人也比前更富有了，但这种高大与富有，是山村地方的高大与富有，要说到能引起游人的注意，那到底还有天渊之隔哩。村中或者产出过诗人吗？没有听说。村名或者曾见于什么载籍吗？没有看见。如曾有之，我想一定不如现在一般寂寞了。它的特点，依我想，有是有一个的，便是山村。因为湖边的村子，全是近水的，人或厌倦了湖边生活的时候，一定会惦记山村，但可能性到底太小了。那么这样大的旅馆有谁养活它呢？这位姓诗人之姓而又名诗人之名的小姐告诉我们，同时我们也在旅馆招牌旁边一块小牌上看见了，这里是阿尔卑主义者（游山客）俱乐部的支部。即使绝对没有外客，只是本会会友来往的招待，当然是较为便宜的，也已够它一年的开销了。这位安纳马司人的侍女，只来帮六七八九共四个忙月，除了这四个忙月以外，倘有生意，老班娘自己出马做侍女的了。

"人家介绍我来，我真想不到是这样一个寂寞的村子！"

"本村人还不少罢？"

"大约一百人，不会再多的！"

她虽然十二分殷勤的招待，自己却抱着一肚子的牢骚。但我们到底与她略有不同，除了同情于她的寂寞以外，我们觉得这样的小村子确也小得好玩。她对我们说，本村没有邮局，只有一个女邮差（factrice）每天下山去一趟，将本村的信送下去，同时将别处寄来的信带了上来分送，这样一趟便完了。女邮差这个字，平常是极少见的，因为略大的村子，大抵便用男邮（facteur）了。诺佛尔居然小到用女邮差，在我也觉得好玩，不像诗人小姐那般哀矜勿喜的。

至于饭菜，却极不寒酸；火腿菠菜泥，子鸡与炸马铃薯，平常乡下饭馆里都未必有的。我们众口一词的满意极了。饭后大雨，我们搬到里面客厅里去坐，直到五时许，觉得如果再不走，只有做阿尔卑主义者，在这旅馆里住夜了，于是冒着雨，由法国路回到圣祥哥尔夫，三人心中都替那班到勃朗夏峰去的中学生着急。

八月一日——瑞士国庆日

自诺佛尔山村回来以后，雨丝陆陆续续的不断。但我并没有什么不满足。我觉得天好便出去游湖，不好则在家谈天，而且从窗口看湖上的雨景，一样都是快事。间或也有雨住的时候，如前天下午，我们便到湖上去钓鱼，如昨天傍晚，我们便到轮船码头去看落日。可惜钓鱼的成绩依然不好，前天五个人乘了划子出去，自己三个人以外加了两个本地邮局里的小朋友，居然钓不到一条鱼回来。当初还怀着好大希望，后来逐渐减少，少到绝望。但那两位小朋友兴味好，尤其是亚尔培，觉得即使没有鱼也该有别的战利品来抵偿才好，于是在水面上看见东西便捞，而且大胆的驶去，几乎要到对面的蒙德欧了，才载了满船的木头柴块驶回圣祥哥尔夫。

昨天下午到轮船码头，看雨后的南山（Dentsdu Midi）。丽芒湖上色彩的变幻，本较西湖复杂，其中尤以南山的变幻为最动人。如果照它那样多的变幻推测起来，南山的本身可以说是没有色彩的，完全随着它周围的一切而为转移。但是它毕竟朝朝暮暮都在那里，与它比较接近的或有意研究它的人们，难道说不出一个它最爱表现的色彩么？我说有的，是肉色。以肉色为基本，再在这肉色上面表现出它的喜怒哀乐等等来，这便是在丽芒湖上所看见的南山了。昨晚正当雨后，夕阳在日内瓦一角，光射到南山上，只一二十分钟，我们竟有眼福看到它在闭幕以前表现最精彩的一出，而且是在丽芒这面大镜前，它既不是刘老老般会把自己的影子认做亲家母，自然只有神彩更加焕发，映带更加多趣的。

今天是瑞士国庆日。我们三人都是外客，虽曾躬逢法国的热闹国庆，但对于瑞士情形不熟，不便先向他们问长问短。而且我也想到，法国人的爱热闹，自有他们的特别国情，别国未必和他们一样。凡在这种热闹的大节日里，我想酒是一个热闹的重要分子，而瑞士却是一个禁酒的国家，阅兵也是一个热闹的重要分子，而瑞士却是一个局外中立的国家，所以我们料定，即使有若何繁多的仪式，也一定不和法国一样的了。

但我们只是默察。房东德立发先生在轮船上工作，昨晚并没有回来。丽芒湖上的轮渡是只开六个月的，也像诺佛尔村的侍女只帮四个忙月一样，一交秋冬，游人稀少，轮渡既然停止，德立发先生便家居了。家居的六个月，依然支付半薪，然德立发先生决不肯闲荡的，在这休息的六个月里他便做木匠。至于在作工的六个月里每月四个礼拜日是并在一起休息的；我们也看见过在休息时期里的德立发先生，那是一到家，连轮船上的制服也没有完全脱去，便取一把锄头到园里去工作的。从这些情形推测，今天国庆日的不放假也是当然的了。

德立发夫人是德立发先生的后妻。她自己对我们讲，她在没有和德立发先生结婚的时候，是日内瓦一家大银行里的厨子。

所以她不但懂得许多上等筵席的烹调方法，她还善于制作精细的点心。她常常回忆日内瓦的繁华，因为我们打听她到日内瓦去的船价，便给她一个讲述并赞美日内瓦的机会。又因为她常想表现她那高明的手段，所以常常怂恿我们吃这个那个菜，吃这个那个点心。她的工作是一天到晚没有休息的，不是在家里洗衣服或收拾屋子，便是到园里去种菜；不然，便到别人家里去搜罗了衣服来洗；再不然，便到美景旅馆等处打听，是否需要工作，去给他们在厨房里帮三天五天的忙。她对我们说，她曾经替人担保一笔木器店的帐款，她那朋友后来搬了木器到别处去住了，这笔欠款完全由她付出。因为上了这个大当，所以非再这样苦苦的工作三年，是填不满这个亏空的。这固然是她苦苦工作的一个理由，但我以为在这样普遍爱作工的空气里，即使一旦还清了亏空，德立发夫人决不会好吃懒做的；不然，圣祥哥尔夫全村不见一个好吃懒做的人，难道他们都因为有着亏负吗？在中国社会里，时常看见有好吃懒做的，例如我自己，难道因为我是富翁吗？决不然的，只是因为情愿饿死，懒得作工罢了。

德立发夫人是这样爱作工的，她今天国庆日不休息倒是意中事；只是她也这样爱怂恿我们吃这个吃那个的，昨天晚上何以竟不怂恿呢？德立发先生前妻的子女，大抵都长大成家的了；只是这位德立发夫人有一个独子，叫亚利斯底特，与法国内阁总理白利安同名，我们常常叫他内阁总理的。他父母因为中年以后得子，所以特别疼爱他，尤其是德立发夫人，工作一有余暇，真是珍护之唯恐不至。但何以今天一早起来他连一件新衣服也没有着呢？从这些小地方看来，大概国庆对于德立发夫人并不十分重要的了。

然而村庙里的钟声终于响了！

在一个远客的心情里，这每一下钟声都敲出瑞士独立的模糊印象来。屈指一算，瑞士是十三世纪末年独立的，到现在已有六百五十年光景了。初独立时只有三州，现在共二十二州，那十九州是陆续加入的；这种一州一州的加入，还不是因为闻了今天早晨一般的钟声而艳羡才来加入的吗，和平真是引动人的钟声呵，尤其是从一个战争国里跑来的远客。

午间在门口遇见贝格杭先生，他正衣冠楚楚的从街上回来。这不消说，今天早晨村庙必有国庆的仪式，而贝格杭先生衣冠楚楚，一定是团拜完了以后回来了。现在我们只要打听晚上是不是还有花炮等等娱乐。昨天在大路旁看见搭好一间临时簟棚，里面挂着瑞士国旗，安好电灯，一定是作今天晚上跳舞之用的了。

于是我心中有了一个大略的概念。瑞士小村的国庆：早上在村庙鸣钟，村人聚集团拜（如贝格杭先生），因工作关系亦可不参加（如德立发先生一家），晚上则有跳舞等。

然而这种杜撰的概念到底是不值一笑的。午饭时分怒安兄来了。他带了好些消息来。第一，村中死了一位七十八岁的老先生，他一生工作，从未停歇过，直到昨天为止。他是村人的好模范，他死了村人都哀悼，今天早晨在村庙里为他举行丧礼。

"那么今天早晨的钟声，是丧礼不是国庆了！"我问他。

"是丧礼。"

"贝格杭先生衣冠楚楚的也是参加丧礼去的吗？"

"自然是的。"

"那么对于国庆,本村竟全无动作吗?"

"照例是今天白天如常工作,傍晚工作完了后,全国大小各庙鸣钟举行国庆。但因本村只有这一口钟,丧礼固然敲它,火警也是敲它,再不能负国庆的第三重任务了,所以本村今晚不鸣钟。只是沿湖各村的烟火是有的,晚饭以后到湖上去一定大有可观罢。"

晚饭完了以后,在我们窗口对面的山上,黑一阵白一阵的云块,跑也似的经过,好像特别向我们为了晚上的花炮等候一天了的远客示威似的。不但经过而已,又渐渐的沉下来了,渐渐的放出雨点来了。这怎么好呢?"不要紧,现在尚未暗静,即使出去也看不见花炮,而且有花炮也未必在此刻放。"于是三人又静下。而雨点却从未静下。直到真的完全暗静了,三人乃冒着雨出去,在平常晚饭以后必去一转的轮船码头上站着。果然不错,蒙德欧,佛佛,洛沙纳一带的山上,平添了许多红灯,这一定便是花炮的出发点。我们只要等着好了。等着,等着。水云布满湖上,连蒙德欧等的红灯也渐渐被它遮蔽,蒙德欧平日像夏夜星辰般的灯火也完全不见了;这时候忽然想起了本村大路旁的临时簟棚,便跑到那里一看,见有两三对人正在跳舞,但我们已经全身湿透,不能不回去了。

八月四日——日内瓦

我们已经在丽芒的大湖这一边就是何纳河流入这一边游过一个小圈子了,今天却去游何纳河的出口就是小湖的尽处的大城日内瓦。

我们今天的粮食还是承上章：茶叶蛋。虽然预备走陆路，要过两次国界，先出瑞境入法境，再出法境入瑞境，但茶叶蛋决不是违禁的物品，所以放心的带着。

第一道国界是本村的，关吏见我们带了手提，便问回巴黎去了吗，我们答以到日内瓦去，晚上还是要回来的。于是在法半村上车，经爱维昂多农等而至安纳马司，这便是第二道国界了。在第二道国界里，却没有第一道那样容易；只是在同车站内，从这道月台走到那道月台的一点麻烦，为了验护照，检查行李和等车，足足费了我们一小时半的功夫。自安纳马司到日内瓦，便只有十几分钟了。

从圣祥哥尔夫出发，直到日内瓦为止，这一条路可以说是不曾离开湖边。我们虽然在火车里，却仍一眼不放的赏鉴着湖景。车上遇见了何尚平君，他今年夏天住在安纳西，今天去逛日内瓦，也和我们一样预备早上去晚上回来的，碰的真是巧极了。我们九点半到日内瓦。

日内瓦给我的第一个印象是清静，第二则是富丽。在这两点上，到底同是瑞士的城市，日内瓦仿佛是蒙德欧的放大。

我们决定上午看博物院，下午看风景。先看拉德博物院，次看美术历史博物院，一直看到十二点钟，才出来坐在梧桐树下吃茶叶蛋。

倒不是因为一叶落而天下知秋的预感，我们坐在梧桐树下时，不知怎的忽然觉到暑假旅行快要完了。

"昨天贝格杭夫人听说你们要走了很动感，你们到底还有几天可以住呢？"怒安兄忽然提出了这篇昨天未曾完稿的别赋。

"还是先问你罢，你预备什么时候离开丽芒呢？"

"我是不成问题的，反正巴黎的房子已经退去了。现在巴黎满是游客，回去很没有意思的，不如在这里一直住下去，只要巴黎大学开课以前赶到就行。"

"我们恰恰相反，我们的房子没有退去，现在天气略见秋凉，应该回去了。而且我还预备用极短的时间去看一看安纳西与蒲尔志呢，春苔是从前去过的。"我对他说。

"那么你们在未离开丽芒以前，应该先去看一看弗利蒲（Fribourg）。我是在你们未来以前去过的了。弗利蒲圣尼古拉大教堂里的风琴是天下闻名的。其中有一曲名叫'阿尔卑斯之雷雨'的，听去真如置身雷雨中，值得去听一听。"

"是的，"三弟接下去说："我有一个朋友阎宗临君在弗利蒲，他已写信来邀过我们了，我们一定去看一看。看了弗利蒲以后，索性也顺便看一看伯尔尼。"

"只是丽芒湖上，我也还有一件心愿未了哩。"我希望着说。

"什么心愿？"怒安兄先茫然，又着急了，想了一想，若有所悟，"阿，阿，我知道，我知道，伏老记得'诗人小姐'了，要想再到诺佛尔山村去看一趟，是不是？"

"记得不记得是心上的事情，倒不在乎一定要去看一趟。不过我的心愿远没有这样美，比重访诗人小姐的事要迂腐得多哩。"

"那么你且不要说，让我猜一猜。"

"不过这种事情说出来极简单，实在值不得你诗人少爷的一猜的。这是我的老脾气，和你们常说我动不动便要翻语源字典的脾气是一样的，我天天看着这丽芒湖的一泓清水，总存心要想去探一探何纳河入口之源！"

"唉！这无论什么时候都可以去，还值得这样小题大做吗？"怒安兄似乎失望了。"倒是乌希洛沙纳也该去看一下的，你们到弗利蒲去的时候经过好了。"

我们一边说话，一边吃东西，四面也看看景色，因为博物院出来这块休息的地方是在山上，所以有居高临下之势。三弟眼光锐利，发见了远处一条喷泉。

"这可了不得！"我说："我们现在是在山上，虽然有房屋遮着，但这条水明明是从平地喷出来的，却喷得比我们坐着的地方还高。这一定就是我们在风景片上见过的所谓日内瓦大喷泉了。"

这时我们已经吃完东西，便望着喷泉的方面走下山去。一走到山下，虽然我们三人都是第一次到日内瓦，但三人都不约而同的叫出来："阿，原来就是这里了！"好像都曾经来过似的。这是因为我们住在丽芒边上已经那么多日，一看见丽芒湖水，便觉着到了家里；而且我们在未来以前，已经把日内瓦的地图看过多次，尤其是这最重要的一块地方，就是丽芒湖水流向何纳河的一个关键，是这样简单明了而容易记得的。

我们先在英国公园走了一圈，以后便坐着看喷泉。

丽芒湖一到了日内瓦，已经渐渐成河，所以日内瓦两岸相望，已有如在苏彝士那般的风味了，两岸各筑出一条堤来，拱抱着湖水，这大喷泉便从右岸堤尖上喷出的，如果远看，就觉着整个丽芒的小湖，是一个大喷水池。喷泉旁边是什么建筑物或雕刻品也没有，好像是原有一园竹，可惜全园砍去了，却剩着这一颗当风摇曳着。或者更像些，是一支大鹅毛笔，整日插在碧蓝的大墨水壶里，却等不到一个巨人，来握着它写出能使普天下人讴歌的文字。

虽然丽芒与何纳，在日内瓦已经是一而二二而一的东西了，但毕竟有着人工的界线，这便是一道有名的白山桥（Pont du Mont Blanc）。白山桥的所以命名，照指南上云，是因为天气晴朗的时候，可以在桥上望得见白山。不错，今天天气确是晴朗，而且我们跑路，跑得把刚才吃茶叶蛋时的一点秋意又跑去了，我们正需要着白山呢。白山的整年积雪，夏间虽有中午一二小时是融化的，但这能动得了"白"字的分毫么！我们走到白山桥的中段，向右斜看过去，群峰的后面，白山居然在望。这是和望梅止渴一样的，电影院里夏天尚且以映演雪景为时髦，何况是真的雪山摆在眼前，有不森森然从头顶凉起凉到脚跟的吗？

白山桥下有潺潺的水声，则是何纳河经过丽芒以后，重新在这里起头了。这一起头，前途可真远大哩：不但就出日内瓦流入法国境，而且还在法国境内灌溉许多有名的大城，如里昂、阿维秾等等，一直流入马赛旁近的里昂海湾。

我们在白山桥上，面向着何纳河的去路，把白山暂且丢在背后，那第一样看见的，就是河口一个极小又极精美的小岛，名曰卢梭岛，岛上居中一个卢梭的铜像，因为他是日内瓦人，日内瓦人所以纪念着他。我们为爱这精美的小岛，就在岛中坐下饮汽水，拍照，谈天，盘桓了久之。

白山桥左边沿湖的一条路，名曰白山街。白山街中有一段已经改为威尔逊总统街了，国际联盟就在这条街里。我们在湖边一直游到四点钟，乃再乘火车经过两道国界而回圣祥哥尔夫。

八月五日——探丽芒之源

丽芒的去路，昨天在日内瓦看见了。但丽芒的来路呢？自然，圣祥哥尔夫两国交界的一条溪流也可以算作丽芒的来路，而且沿湖各村中像这样的溪流还有不少哩。但是丽芒因为是一条大河中的一段，所以既有一条总去路，也有一条总来路，这便是我想了久久而未得机会前去一探的何纳河入口了。我探何纳河入口的动机，第一次发动于研究丽芒的地势。照地图上的色彩所示，湖水是用全蓝色的，湖边各陆地，依地势的高下，而为浅深两赭色。但无论浅深，展开丽芒地图来，总觉得是全赭当中一片蓝，万不料忽然生出第三种颜色来：何纳河入口及河之两旁，既非蓝色，也非浅深两赭色，而是白色。我料定这是低地，但总想去一探。

第二次发动于乘轮船经过何纳口外的时候。这一次看见地图上白色的处所是低地已无疑义，低地上且有大小树丛。而且看见何纳入口是黄色，不像黄河入海时连海也变为黄色了，何纳的黄色竟无害于丽芒的碧蓝，却像丽芒有本领将何纳的黄水染成碧蓝似的。次之，我还在轮船上听得何纳入口的响声，说不定这入口的水势急到一个什么样子也说不定河上是不是可以造一条桥让我们站在上面叹一声："来者如斯夫！"

第三次发动于到蒲佛孩看赛船的时候，这一次实在是一个最近便的机会了，低地及树丛已经看见一部分，只是水声及黄色却都被树丛遮蔽着。如果不因为日光太猛烈，也不因为看赛船而在日光下站那么多功夫，更不因为前一天游了沿湖各村而疲倦还没有恢复，这一次便已经去过了。

我第四次的发动和决定，是昨天在日内瓦梧桐树下的谈话，和白山桥上观玩何纳的去路。

今天下午天气虽是阴晴，却甚凉快，乃与三弟一同由圣祥哥尔夫步行而去。到蒲佛孩，果然下了一阵大雨，于是逃入蒲佛孩车站的待车室里。看法国方面一次一次的来车，和从这里一次一次出发开向法国和本国的。这种火车的来往，我们把它当成晴雨表似的总是说下一次车到时一定可以晴的了。然而不知怎样，在这晴雨表的指示之下，刚刚小了，又大起来，刚刚晴了，又下起来，晴雨表也像是忙得应付不及。一直坐了一小时光景，才像有点把握了，乃沿着大路走去。

我们以为大路一定是环湖马路了，一直走过去，可以通到何纳河的入口。入口上如果有桥，那桥上一定可以行车，有如西湖"（段）〔断〕桥"的放大；即使没有桥，也一定有轮渡，像南京浦口间的，也像杭州西兴间的，渡河以后，那边依旧是马路。所以我们沿着大路走。万不料走到后来，峰回路转，把一个丽芒湖找不见了。这时才觉悟到马路不是完全沿湖的，因为要避低地，所以只能沿山筑去。倘再不回头，目的地要达不到了。

"通路，小桥，维尔纳夫。"我们回头走了一大段，却仍走头无路的时候，忽然抬头看见一块小木牌，上面写着这样三个字。维尔纳夫是上次我们坐了船去过的，的确是湖对岸的一个村子，再加上通路小桥等字样，那还不是我们的目的地吗？然而这所谓通路（Passage），实在小得太可怜，简直是中国江南所说野猫路，而且雨后泥泞，即使不至于不通，至多也只能算作半通罢。

路上所看见的，是丛树和牧场。丛树是自己生起来的罢，牧场的分界也只是粗陋的铁丝栏。牧场里面有大群的牛，大群的马，由一个小孩管着。狗看见有人来了，发狂般的乱吠。我最怕这不可理喻的东西，幸而似乎有人管着，人便住在牧场旁的小屋里。最令人注意的是，一路时时看见小溪，上面架着小板桥一般的东西，下面溪水汪汪的流着。这可见所谓一条总来路的旁边，也还有若干分来路的了。

忽然闻到流水的大声了，忽然见到桥梁的铁架了。这原来就是木牌上所谓的小桥（Passerelle），这原来就是轮船上曾经听见的水声了。

水面并不大，而水流却真急。小桥的目的只为行人，所以两边用阶级，惟一的特点就是轻巧，好像整架桥可以一手提了走似的。下面流水中却仍有两个桥桩；桥桩之薄，可谓薄到无以复减了，其用意是为减轻水流的抵抗力。水流固然是抵抗不了的，但我们从桥上看下去，看见仍有若干枯草树枝等物，随流水而下，附着在这薄到无以复减的桥桩上。

我们在桥上来回走了几趟，尤其是我，正体味着一种达到目的时的快乐。看上流，这样富厚的来源，往古来今抒写着，我不赞叹，我只体味。看下流，这样汹涌的声势，一霎那间消灭了，我不惊愕，我只体味。

急流两岸是矮小的丛树，一半在水中，一半出地面，岸是完全看不见的了。原意不是叫我们看不见，却怕急流看见了，才叫丛树保护着的罢。

我们本想走到维尔纳夫去，但是时间已经渐渐向晚，在地图上看，急流偏在圣祥哥尔夫一面，到维尔纳夫比到圣祥哥尔夫更远，而且如果走到那边去，依旧是牛群，依旧是马群，依旧是狗吠，依旧是细流，依旧是泥泞的野猫路，这样单调的重复，是我们受得了的吗？我们既然达到了目的，倒不如循原路回来了。

从日内瓦方面照过来的晚阳，把我们的影子拉得异常的长，好像要把我们的耳朵再拉到轻巧的铁桥边去听一会儿水声似的，然而我们与铁桥到底一步一步的远了。

八月七日——从湖边到瑞士腹地

昨天探了丽芒之源，我是得未曾有的快乐。回家即刻写了信给曾仲鸣兄，他们夫妇两位都是丽芒的老友，问他们可曾走过这条野猫路。不料信刚刚寄走，他们的电报却到了，说今天早上到丽芒来看我们。但我们已经定下今天到乌希洛沙纳、弗利蒲、伯尔尼去，昨天写了信通知阎宗临兄。天下事情真有巧极的，如果昨晚的电报改在今晨到，仲鸣兄来不是整个儿扑空了吗？现在却有稳妥的方法，就是我们两人迎上去，到爱维昂车站里去等他们。

虽然只是两礼拜的小别，而相见时的快乐，却如我昨天探到了丽芒之源。

我先编造了一篇大道理，说这几天住丽芒实在没有甚么意思，目的是想煽惑他们同到弗利蒲去听"阿尔卑斯之雷雨"。

"但我总替你们担心着，"仲鸣兄答我道，"万一你们这种书上看来的消息未必靠得住，跑到弗利蒲一问，说是一世纪以前确有这回事，现在老早没有了，却怎么好呢？"

我们谁也辩谁不过，于是曾夫人到旅馆休息，我们三人同逛爱维昂。我和三弟在这两礼拜里，经过爱维昂已三四次了，但都没有好好的逛过，好像有意留下今天畅游似的。

我们照了许多相，吃过了午饭，饮过了矿泉，乘了上山电车看过了山上的景色，凡是爱维昂可以逛的地方都逛过了，而我们的谈话还是没有断，我们都觉得依依不舍似的，于是仲鸣兄又渡湖送我们到乌希洛沙纳。

乌希和洛沙纳，虽然是两个地名，其实就像爱维昂的山上和山下一样，乌希在山下，乘上山电车到山上，便是洛沙纳。

刚才听曾夫人说，丽芒的山景是瑞士岸独享的，自爱维昂望洛沙纳，一点不觉得什么，但自洛沙纳望过爱维昂来，那才美丽呢。现在知道这话真是不错。

游完了乌希洛沙纳，到火车站候车往弗利蒲。我渴极了，而五分钟以内火车便到，不能上咖啡馆了。仲鸣兄去转了一圈，回来说："你们有瑞士五生丁吗？喝水的地方倒有了，只是藏杯的自动机，须得丢进瑞士五生丁去，才有一只纸杯出来。"我们同去一看，果然。但是我们偏偏都没有瑞士五生丁！"管它呢，我用法国五生丁来试试看。"一只杯子居然出来了。

"这真叫做渴者易为饮，你又有了通信材料了。"仲鸣兄说罢，三人都笑。他直等到我们开车。

自洛沙纳上车以后，一路沿湖行去，好像初到时沿行法国岸一样，不过这一回却刻刻印证着曾夫人的至言，觉得遥望法国岸实在美丽，尤其是圣祥哥尔夫，是法国岸中最多高山的一村。虽然明天下午又会回来了，这十余朝暮竟有那么大的魔力，叫人连短期间的分离也不愿意。当火车渐离湖岸，驶向山村的时候，这心情好像重演一度洛沙纳之仲鸣兄。

到弗利蒲以后，问阎宗临兄的住所，正由一位这样可感的教士领我们步行了二里许路的时候，又碰见一位更其可感的教士领我们到寄宿舍而亲自为我们收拾房间整理床铺。头一位是完全不认得的，第二位是受阎君之托而来招呼我们的，比来尔先生（Buhler），因为阎君自己住在小湖，来不及赶回了。

什么都靠着比来尔先生，这样一个初次认识的朋友，而能给人这样周到的招呼，我几乎生平第一次见。房间等等妥当以后，他领我们出去吃饭。这里的语言已经是既似法语又似德语的了，他们自己的普通话是德语，和我们周旋却用与法国人说来大不相同的法语。比来尔先生就用这样的法语指导我们一切。连市政厅门口，有一颗带有传说的菩提树，名叫毛拉菩提树（Tilleul du morat）的，也仔细把传说讲述给我们。说是从前弗利蒲和毛拉各各独立的时候，其间曾有着战争，有一个战士从毛拉打了胜仗跑回来，手里拿了一枝菩提树，可惜因为跑得太快，刚到弗利蒲战士便死了。却留下这颗菩提树，至今还活着。

吃完饭一路看着风景，仍由比来尔先生领我们到奏琴的圣尼古拉大庙。照庙门口的揭示，奏琴确有二时八时两次，然此刻已快八时了，何以庙门还关着呢？和我们一样的顾客，也有一二位，一样的在庙门外徘徊。等到八时许，庙门忽然开了，问开门者今天是否有奏琴，他却答道："看人数够不够！"后来居然卖票了，居然开奏了，开奏的时候我点数人数，是十八人，可以见他所谓人数的够不够大约是十八上下了。

奏琴的目录，一共有六曲，最后一曲是"阿尔卑斯之雷雨"。雷声之大，真使人毛发竦然。约十五分钟，雷声渐渐远去，雨过天青的景色如在眼前，而曲终了。曲终出门，外面却有真大雷雨，弄得人几乎是真是幻都辨不出来，庙内的如果是真，庙外的便是幻了，或者内外都是真的，是较为近理的说法罢。

等雷雨稍住，便与比来尔先生同到他为我们整理好的房子，一夜睡得非常的安静。

八月八日的早晨八时起来，问比来尔先生，知九时二十三分有车往伯尔尼，乃与他一同出去吃早餐。他又陪我们上车，直等到车开走。

十时正到伯尔尼。不用说，到伯尔尼第一件事是看熊，熊是点缀伯尔尼这个字义的。问了一声火车站，说此去过桥便是熊馆了。那么，阿尔（Aare）河既把伯尔尼流成一个舌头形，我们须得通过全个舌头哩。所谓桥者，是怎样的呢？我现在对于瑞士的桥和法国的桥的区别大有所悟了。法国的桥是要行人知道此地有桥，越知道得快越好，经过时越使人留恋越好，经过以后越使人不忘越好，所以是美术家显本领的地方。瑞士的桥是要行人知道此地无桥，越发见得迟越好，但桥名是依然写着的，一见了桥名便使人惊叹原来此地是桥，所以是建筑师显本领的地方。这伯尔尼城舌形地上，共有三条这样令人看不见桥的桥。我们经过时如果不望一望水，真不知道正在走桥，只以为是一条长路，一条两边没有房屋的极长的长路罢了。但是桥身虽长,我觉得桥名比桥身更长:从右颊搭到右舌边的名叫Kirchenfeldbrucke,从左颊搭到左舌边的名叫Kornhansbrucke,从舌尖搭到唇上的名叫Nydeckbrucke,真是长得可观了。

从火车站到熊馆,就是说从舌根到舌端的一条大路,是伯尔尼的繁华部分。我们看完熊以后,便逛这条大路,同别的外国人一样,赏鉴钟楼的大自鸣钟。这条大路不过二三里长,但每一里许有一个钟楼,一过钟楼又换一路名。路旁有一著名大庙(Cathedrale münster),我们便进去参观。逛庙我在法国已成习惯,但法国的庙是尊严的,因为常常有人跪在那里,我们游人也不由得祭神如神在起来。我常常痴想,在这种大庙里,光线依然保持它原有的幽暗,空气却设法输送些新鲜的进去,也没有人相信神龛里面真的还有神明,心愿情服的整天跪在那里忏悔了,那时我们去赏鉴这庙宇的宗教上乃至艺术上的价值,不知多有味道呢?这痴想我在逛妙峰山时也说过一回,有人笑我是痴想,我也自己知道是痴想,但这痴想竟有人拿来实现的,这便是瑞士的庙宇了。初看似乎是极难得的,转折一想也觉得平常。我们不是常常看见王宫博物馆吗?中国的"故宫博物院"便是这样布置的:什么都仍王宫之旧,只去掉了一个皇帝。政治上可以如此,宗教上安有不可以如此的:什么都仍庙宇之旧,只去掉了一个神明。只是没有了神明以后,许多求神的人都不来了,所以空气便连带着干净。我在瑞士逛了许多这种没有神明的古庙,照故宫博物院的例也可以说是古庙博物院,我真是感着十分的满意。

下午去参观了国会及公园。在这样一个精美小巧的城市里,忽而上山，忽而下水，忽而过桥，一走便走遍了，我们自己都觉得好笑起来。本来担心着时间局促，等逛完回到车站，倒还宽裕了二十余分钟。

旁晚便回到圣祥哥尔夫。

八月十日——别矣丽芒

我们在日内瓦梧桐树下计算过的几处地方都逛完了，我们应该与丽芒分别了，但我们真是舍丽芒不掉。直到昨天晚上，我和三弟还发疯，两个人都说："只要明天早上有阴雨，我们一定再住丽芒一日！"

今天一早便醒了，心上这样想，反正是阴雨，何不多睡一忽儿呢？

然而，太阳从窗门上进来，催促着我们了。太阳！这是理智，这是决断，这是勇敢！它叫我们记得先前的计画，它叫我们实行梧桐树下的谈话，它叫我们觉悟别离的思念也许比朝暮的聚首更加美丽。

车站上的朋友，来替我们运行李的，已经到了门口。

贝格杭先生家送蜂蜜和点心来，这是丽芒的象征，以后凡遇到甜蜜的味道便会一度记得丽芒了罢。我们约定冬季再来，丽芒的雪景一定是比夏日更加美丽的。

我们在六时半离开圣祥哥尔夫。但是我们又与仲鸣兄夫妇游爱维昂和多农，直到下午决定赴安纳西的时候才真正与丽芒作别。

（选自《三湖游记》，开明书店1931年版）

自巴黎西行

××吾兄：

　　这次暑假旅行，自瑞士回来，又到了法国西部的勃勒搭尼（Bretagne）。关于瑞士的见闻，拟全归入《丽芒湖》一文，现在只报告你这一星期来在勃勒搭尼的生活。

　　勃勒搭尼本是法国的一省，后来废省改道，行政上已经没有这个名称了，但在一般人的文字上和语言里，依然是存留着。不但存留这个名称而已，勃勒搭尼还存留着自己的语言，自己的服饰，自己的宗教习惯等。

　　巴黎城里有勃勒搭尼饭馆，我们常常去吃，觉得其他并没有什么分别，只是侍女头上戴一个白纱罩，与书上所讲一样，以为这不过用以表示勃勒搭尼的饭馆而已，实际上勃勒搭尼的女子也许老早就不戴白纱罩了。这次实地观察，知道这种猜想完全不对，勃勒搭尼的女子至今还个个都有白纱罩在头上，而且这白纱罩之中，尚有若干不同的式样，表示勃勒搭尼以内的地域。这件事当初还不了然，虽然旅馆中的厨娘与侍女的白纱罩几乎人各不同，但她们都是一天到晚忙碌着，谁有功夫来答覆我们这种一钱不值的呆问。直到八月二十五日我们去参观一个邻村的神会，那是勃勒搭尼一个极有名的朝山节（名曰Pardon），各村各县都有香客的团体到来，庙门以外停有公共的和私人的汽车千数，甲村公共汽车开走时，车中女客头上都是甲样的白纱罩，乙村公共汽车开走时，车中女客头上又是乙样的白纱罩，回来晚饭以后打听食堂侍女，她才将白纱罩的式样表示地域的话告诉我们。现在明白了，为什么总厨娘（如果照北平话厨头叫大司父的办法，应该叫作大司母）头上的白纱罩是直竖的高高的像绍兴女子带孝时的"朝前笄"，为什么另一厨娘头上的白纱罩是低低的分层的后面有两条飘带的像京戏里的小生，为什么间壁小杂货铺里的女店员头上的白纱罩像半顶方巾帽而用一根小针拴于发髻，都只是表示她们地域的不同罢了。侍女说得出那一种式样是属于那一村，可惜勃勒搭尼语实在难学，勃勒搭尼语里面的名词尤其难记，现在已经忘得干干净净了。更可惜的是匆促间没有问她究竟一起有多少式样，只是在成群的香客家中默察，我敢说二三十种是一定有的。

除了白纱罩以外，女子的服装也与现代法国一般女子的不同。第一点令人一望而知的是与白纱罩恰成反映，全身都是黑色，连鞋袜在内。第二点是束腰，这是全国各处早就废去了的，这种服装我们只有在贾那华勒（Carnavalet）博物院可以看见。第三点是长裙。第四点是黑毛绳的围巾，连这样的热天也是不去掉的。

不消说，在这种装束之下，女子剪发是一定不容许的了。于是我们当初便这样断定，凡是古装的是本地人，时装的便是与我们一样的旅客。不过后来发见一种骑墙的装束，这可以说有三个层次：第一级是全身古装，只加添手上拿着一只时装的皮夹；

第二级是衣服完全古装，但裙子略短，换穿一双浅色的皮鞋，和肤色的长袜；第三级是全身时装，只差了不剪发而在发髻上加一小白纱罩。从这三种骑墙的装束里，便推想到也许会有全身时装的本地人。果然，我们吃完晚饭以后，依然围坐饭桌闲谈，话头忽地转到了几个剪发的侍女。一个是玛丽，她是维嘉先生所谓别人不记得的事情往往由她记着的，是一个性情最温和，工作最勤苦，而且最肯负责任的少女。一个是厨房的助手，白白的胖胖的，虽然很少来做食堂里的事，但是厨房里工作完了以后，便也来到食堂里一边收拾东西一边插入三言两语。她们两个都是本地人，但都是剪发而且时装。于是总厨娘对我们说，她们本来应该各有她们本村式样的白纱罩的，玛丽应该是什么式样，胖子应该是什么式样。维嘉夫人说，很好呵，白纱罩是极美丽的。胖子说，美丽是美丽，但是除了重留起头发来以外还能再用白纱罩吗？据说此白纱罩前数年也曾衰落，但近几年又时行了，也许因为是旅客十分赞美的缘故罢。

从服装一端，你也许已经看出，勃勒搭尼在法国，是怎样特别的一个区域了。这种特别，在法国人是极爱保存的，其实欧美人多少都有这样的脾气。前几年我在中国，一听到西方来的旅客，对于中国风俗略加赞叹，便十分不舒服，以为我们正要提倡革新，给你们一赞叹，便全功尽弃了。我们常有这样的意见，甚至有时我们以小人之心度君子之腹，以为他们"只要自己过着合理的生活便够了，至于中国人，乐得让他们过着不合理的生活，供我们旅行时的赏玩不是很好吗"？我现在觉得，这种意见未免神经过敏了。自然，所谓合理或不合理的生活，界说是极难定的，此中即使有什么是非，意见亦随各人各时期而有不同。巴黎社会里通行"时风"（Mode）这个字，许多事情不必劳心焦虑去找什么合理的界说，一提到"这是时风"人家也便懂得，倒是一件省力的事。例如白纱罩这一件服饰，真没有余地辩论什么合理不合理，大家说好看时便会好看，说难看时也便难看。不但女人服饰而已，勃勒搭尼男子，都喜欢穿大红色帆布的衣服，一看是怪刺眼的，然而经过甲乙丙丁各画家，或甲乙丙丁各诗人的描绘，自然看着觉得美丽，不久以后，即使还没有勇气穿全套，自己也至少愿意先买一条裤子尝一尝这时风的趣味了。和我们同一处吃饭的旅客，便有好几位是穿着红裤的。不过在本地，这也没有女子头上白纱罩那样普遍，或者勃勒搭尼的渔户，是全穿红衣红裤的。

我们住下的是勃勒搭尼海边一个小城，地名杜亚纳尼（Douarnenez），离巴黎大约有十二小时的火车路。晚上八点半动身，次日早晨九时许到。杜亚纳尼车站里，维嘉先生夫妇已经在细雨濛濛中候了好久。我们便一同到了迎宾旅馆（Hôtel des voyageurs）。这旅馆在维嘉先生的通信中我们已经知道的了，但想不到房子早被住满。维嘉先生们比我们先来二三星期的，也由旅馆介绍到人家住宅中寄住，不过房饭仍由旅馆包算就是了。我们同去五个人，我和春苔住一处，还有两位小姐一位少爷住又一处，都是由迎宾旅馆的老板介绍，一日三餐都到旅馆的食堂来吃，房饭在内每天每人二十七法郎，合中国钱二元七角左右，你说便宜不便宜。

所谓一日三餐者是这样：早上每人咖啡牛奶一大碗，新月饼（Croissant是新月形的一种起酥面包，法人平常当早餐吃）一个，奶油尽量（这是本地名产，既便宜又精致，不像巴黎那样用得寒酸）。午饭晚饭是一个小菜，一个肉食，一个鱼类（本地所产各种鱼类每餐更换），一个生菜，两个点心，晚饭再加一个汤。如果在巴黎，同样的饭食，恐至少须加倍的代价。

苹果酒也像奶油一样，是勃勒搭尼一带的特产。我们只要一望他们的田野，每一片麦田里必种着五颗十颗苹果树，便知道苹果酒出产丰富的出来了。这是连英国人也觉得奇怪的。（勃勒搭尼有许多风气与英国相像，法国人至今称英国为"大勃勒搭尼"，而勃勒搭尼在历史上则曾属英国。）一本英国人做的游记里说，这种麦田内种苹果树的方法，给英国人看见一定以为于麦于苹果树两有妨碍，但是勃勒搭尼人却往往丰收，田里的谷子熟了，树上的果子也熟了，这是何等有趣味的事情。这类苹果酒，颜色略像绍兴酒而稍浊，口味也略像绍兴酒而微酸，确是一种与绍兴酒同样风味的美酒，虽然在巴黎的饭馆里也可以喝，但在勃勒搭尼我们这一回总算畅饮了。照迎宾旅馆的规矩，苹果酒与红葡萄酒是由旅客自己挑选的，要同时饮两样也可以。但是维嘉先生的意思，红葡萄酒我们随处都可以喝，苹果酒却是本地名产，我们何不每餐都饮它呢？而且据他观察，这里的红葡萄酒，恐须由别处运来，原价一定略贵，所以在颜色上看得出人工的痕迹，倒不如不饮为妙。

在法国饮酒真是舒服，记得临行你还劝我毋忘畅饮。×兄，这一点我算是不曾辜负了你的期望。实际，法国的酒大抵是和善的，饮时还要配水，所以烂醉微醺都可以，却不至于喝坏了人。

例如在中国极通行的一种英国酒白兰地，我每饮必吐，后来不敢上口，以为倒不如高粱或白干不伤身体。与白兰地同样的性质，在法国也有一种酒，名曰哥匿克（Cognac），法国一般人也怕喝。法国人的通常饮料，便是红葡萄酒，几乎每饮必喝，连中学校的饭厅里，学生也照规矩每人得喝一瓶的四分之一。但我们是大人了，我们在勃勒搭尼喝苹果酒且有意放量，同桌五个人，维嘉夫人和她母亲都不多喝，而维嘉先生春苔和我每餐总喝到两大瓶，喝后醉醺醺的坐在饭桌里谈闲天，或到海边堤上去吹凉风，这便是我们的日常功课。

但是也有我们的特别功课。八月二十五日是勃勒搭尼一个极大的朝山节，我上面已经说过。最热闹是在杜亚纳尼的邻近一个叫做圣安那拉柏吕（Sainte-Anne-la-Palue）的地方。圣安那是玛丽亚的母亲，耶稣的外祖母。拉柏吕是地名。因为村里有一个有名的古庙，庙内供着圣安那，村便以此得名。这个村离杜亚纳尼约有一小时的汽车路，早晨八点钟有一班公共汽车自杜亚纳尼开行。我们在第一天晚餐桌上决定以后，便先由维嘉先生交代旅馆老班，明天午饭我们不能在此地吃，但须替我们每客用纸包好，我们八时以前来取，以便带到圣安那庙里去。这种办法，用中国人的眼光来看，真是甚为突兀的。如果在中国，旅客这样的提议，说不定旅馆老班会当他是一个极端的怪人看，甚至引起一场无谓的争闹都是可以的。但在法国，这种精密的几乎到了寒酸相的计算，却是毫不稀奇。旅馆老班是一个妙龄女郎，虽然是本地人，但也剪了头发，依旧全身黑衣服，却加着一双白帆布鞋。我们每天去吃早餐的时候，总在路上碰见她，手臂上挂着两只篮，活泼泼地往市场买菜去。有时我们出去得较晚，她已经买好菜蔬转来了，我们可以从她的两大篮子里，预先知道今天有那两种鱼类，至于那一种用于午饭，那一种用于晚饭，那是要看厨娘的配置了。我们有了这样一位美妙的老班，虽然她站在柜台上时也是威仪三千的，但维嘉先生一去提议明日午饭的事，她却毫不游移的答应了。而且她还说，苹果酒也带两瓶去。我觉得多一事不如少一事，汽车里到底不方便，所以提议取消了。

一十五日的上午九时模样，大家坐在从杜亚纳尼到圣安那的公共汽车里，虽然是夏日，但一辆敞车在田野里疾行，已经令人感到七分秋意了。车中二十四人，丈夫为妻子整围巾，妻子为丈夫披大氅，爱人呀，朋友呀，都相互当心他人的身体。这时候，天空忽然飞下一只蜜蜂，仿佛嫉妒人类间的过分相爱，非进攻一下不可似的，狠狠的在维嘉先生的手指上放下一个刺走了。赶紧从口袋里拿出中国的虎标万金油来。车上另外一位客人说，最好是车前子叶研碎，涂患处，立愈。我和春苔都微笑，觉得这简直是在绍兴了，绍兴名车前子曰野甜菜，凡有疮毒等皮肤上的小病，必以野甜菜叶啮碎贴之。那客人又说，你看不是驶到了吗，一到便可以去采车前子叶了。我们抬头一望，果然，离汽车前面里许，古庙岸然，钟楼高耸，四面围绕着一大丛形形色色的布篷，是许多小生意人从各地来此赶庙会的。这时候秋寒既不觉得了，蜂螫也不痛了，一霎那大家到了庙前的人丛里。

这一大堆布篷里，有各式各样的摊子。最重要的是纪念品；耶稣像，圣母像，圣外婆像，也是极重要的。刘蘅静小姐买了一个十字架，骆文华小姐买了一个脂粉盒。这都带点游玩的性质，而维嘉夫人却虔诚，她是真正的香客，所以急急然跑到庙门口蜡烛摊里去买了一封白蜡烛，而且正正经经的跑到我们面前来，对我们说："我已经买好蜡烛，要到神前去拜了；这里的风气，香客如能到神像背上一摸，是可以得到幸福的；你们两位中国小姐，如要去摸，可以和我一道去。"两位中国小姐听完这番话以后，你看我，我看你，说不出一个答案来。后来还是刘蘅静小姐解答了这个难题，直截痛快的说道："我愿意去！"我们当初是假装着正经脸，一等她们走开以后，几个中国人便相视大笑。

她们去求神了，我们便在庙外四周看看。

先买了一本庙志，几本勃勒搭尼文的颂诗。勃勒搭尼文与其说是近于法文，倒不如说是近于英文。或者可以说它是介于英法文二者之间。我在《杜亚纳尼志》里，和在《圣安那庙志》里，见了许多勃勒搭尼文的单字。例如杜亚纳尼这字的法文是Douarnenez，来自勃勒搭尼文Douar-an-enez，原意是"岛中地"。圣安那拉柏吕的法文是Sainte Anna la Palue，勃勒搭尼文是Santez Anna ar Palud，原意未明。后来在书铺里闲逛，发见了一本法勃字典，检查了若干字，知道介乎英法文二者之间的断语大致不错。至于颂诗，那简直是一个字也不懂，只有对着字母听他们歌唱就是了。在庙里买书照例是不找零钱的，含有捐助的意思。我看维嘉先生买书两法郎半给四法郎不找，我买三法郎半便也给了他五法郎。

我们一边谈天并翻阅庙志，一边信步走出庙门来。最先招惹我们注意的是庙前及右一片小丘陵，自然造成一个对着庙门的Amphithéâtre（后列比前列一层一层加高的剧场），大概也是由来已久的了，庙祝便利用这块斜面宣道。这块斜面怕有五十亩地宽罢，边上却均插着小旗，我们站在庙门口远远望去，好像蚂蚁站在向日葵花的中间望着边上一样，小旗便是一片一片的葵花瓣。维嘉先生说，听香客们讲，今日下午有新自搭衣地（Tahiti）回来的一个牧师讲演，听众一定要站到插旗的地方为止哩。说时迟，那时快，我一边疑心站在旗边的香客如何听得见讲演，一边眼角上便映出了小小的黑点，这便是从讲坛引到听众各处的扬声电筒。讲坛后面靠墙是祭坛，我们不上去参观，但见供着些祭品之类。

庙虽说是十六世纪时物，但系十九世纪中叶重建，只有庙左一个小石像尚是旧庙时代传下来的。在石像过去不远，发现了一个大簟棚，近去一望，里面陈列条桌，桌上整整齐齐的摆着碗碟，中午时刻香客可以到这里边去用膳的，但是我们手中沉甸甸的有着是旅馆中给我们包好带来的饭食，所以碗碟即使摆得如何整齐，我们也并不起丝毫羡慕之意。至于这个簟篷旁边，你猜猜看，还有什么放下去最适宜的东西罢，我当时看了真是笑不可仰，自以为置身国内的乡间了。这是毛厕！而且巍巍然有着苍蝇的。国内许多我曾到过的庙宇此刻都涌现到我心头，人类的宗教欲望是不论东西都还一样真切的需要着满足吗？

我们又走到斜面的边上，就是长着葵花瓣的处所。这是山脊，站着四面一望，庙屋骤然的缩小是意中的事了，令我们最出惊的是这一块斜面以外竟是大海；我即刻想像得出来，除了这成千成万的香客（连同我们这种似香客非香客的游人），除了这黑魆魆一大堆的汽车，除了这红红绿绿一大群的篷帐，一旦这个盛大的香市完了以后，余下的还有什么东西呢，不就是这白茫茫的大海和这孤零零的古庙吗？至多在秋日再加上鸣虫，在冬日再加上霜雪罢了！所以只有古庙与大海是老伴侣，亘万古而长存的，我们这种一年只来一趟的（也许一生只来这一趟的）泛泛的游客，也配出惊庙后面还有大海吗！

我们回到庙中，祈神的太太小姐们已经完了她们的工作，恰好斜面上的仪式也要开始了，于是我们一道出去，在群众中占住一块草地，铺好了大氅，七个人坐作一堆。这时候我才觉悟，扬声电筒于我们是无关的，无论如何清楚的字音，听它一个一个的从筒口出来，然而是勃勒搭尼语，我们如何能懂得呢？能够坐近一点倒是实惠，视觉的翻译究竟比听觉的翻译容易得多，至少我们可以看清楚穿了绣花道袍的白胡子的祭师和绣花背心的雄赳赳的执事在坛上的一举一动。一点不错，我们的地点确实是优等的，何以见得呢？因为紧靠着我的后面，就是一辆汽车，汽车的篷上站了一个人和一架摄影机，车上写着是美国狐狸影片公司的。它的后面尚有大大小小的汽车十余，都是本国和各国影片公司的摄影车。影片公司尚在我们的背后，我们的地位不可谓不是优等了。我知道，影片公司的心理，也与我们一样，他们何尝希罕这几句用勃勒搭尼语表现出来的大经大法，他们的眼睛（连他们的镜头在内）还不是只注定在几件绣花道袍和绣花背心吗？

绣花道袍和绣花背心在坛上来回的走着，各影片公司的摄影师轧轧的各在摄影机上摇着，祝祷的演讲的乃至歌唱的声音不绝的在扬声电筒口里散放着。我忽然想到幼年时在国内看社戏了。幼年曾在社戏台下读唐诗，大为大人们所激赏。那时我当然快活得非常，以后凡遇有看戏的机会，能辞却者一定辞却，不能者便带一两本书到台下去看。其实如今想来，只是因为我自己低能，台上唱的全是勃勒搭尼语，我不配懂它一字就是了。但社戏里的勃勒搭尼语到底没有真勃勒搭尼语难懂，只要手上不带唐诗，两回三回后不是全无希望的，前年与既漂春苔二君到绍兴去重看社戏，看得极有趣味，不是明证吗？如今真的勃勒搭尼语当前，那是即使把唐诗烧去也是不中用的了。单调的动作，单调的语音，像我们这种最怕单调的人是一定受不了的，当然现在又没有年幼时那样老实了，手上虽有《圣安那庙志》和勃勒搭尼语颂诗，终无心去翻阅它们，却把眼睛溜到前后左右的一切。

　　黑绒的袍子！黑色在勃勒搭尼最普遍，妙的是能在最普遍的条件之下，用最绵软也最销魂的绒为材料。求美的方法至多，但我以为不必旁求，人但能在其原有的条件之下设法便得。（这似乎有"宪政党的屁话"的嫌疑，但现在又到了发行《孙文小史》的时代，只要慈禧太后不还魂，多引几句康梁大概是没有什么不稳当罢。）然而还有用黑绒袍子衬托着的少女的肤色哩！它是透明的，能够令人望得见少女的灵魂的。她的腰是紧紧的束着。小姐，你不喜欢效巴黎的时装，不是要舒服的多吗？我这样暗想，但是我知道，不束腰便不配穿这件细腰的黑绒袍子了。她头上也拴一个小小的白纱罩，小到只像一个白色的蝴蝶结了。我上面说过，我在勃勒搭尼曾经发见一种骑墙的装束，既非完全勃勒搭尼装，更非完全巴黎装，第一个就从这位小姐看见的。这种白纱罩，当初实在是一种帽，或头帕。但与男子的硬领一样，现在变成以白为贵，以挺直为贵，以花纹的细致式样的玲珑为贵了。我想这种骑墙装束里的白纱罩，一定不分明什么地域了罢。

轧轧轧——我转过头去看摄影师，他们的右手还是不停的摇着摄影机。老实说，我已经够了，我已经倦了。但是同坐诸人尤其是维嘉夫人还聚精会神的看着祭坛，我自然不敢向他们有什么不正当的提议，我于是只有低下头来回想我的中国。我在中国最近的几年来，很喜欢参加宗教的仪式，留下一点记载的却只有妙峰山的一次。可惜近二三十年来，中国的旧风俗实在消灭得太多了。一半自然是因为社会的不安。我十岁上下，还在绍兴看见迎神赛会的热闹。但是社会的经济，年复一年的低落，盗贼年复一年的加多。从前有几处的神会简直是赛珍，几个发起人往往自己夸口："这一次会里谁也找不出一颗假珠子。"后来因为社会不安的关系，有的人家骤然中落，珍珠已经出卖到别处去了；有的人家胆小，虽然珍珠尚未易主，但不比从前太平时世，敢把宝贵的物品摆到众目昭彰的地方来了；有的人家比较暴发，不怕一切，但盗贼也不怕一切，竟有过几次著名的抢劫。这是一半原因。还有一半原因是主张革新者的提倡废止。近来因为迎神赛会老早消灭，所以也甚少看见主张废止的论文了，但二十年前是认为一个极大题目的。北京的妙峰山却幸免，然而自我去后的第二年，就因为战乱没有香市，以后不知道怎样了。无论如何，只有年复一年向消灭的路上走，决不会像勃勒搭尼人那样弄得兴高采烈罢，中国人现在的生活，仿佛是一群被赶急了的鸡，闭了眼睛向四方面找去路，原因就在后面有一条好利害的竹竿，这竹竿就是自鸦片战争以来八十年的外患。去路究竟找着了没有呢？凡为中国人的都没有勇气答复这个问题。也许已经找着了，也许刚刚找着又迷失了，也许这样瞎找是永远找不着的，也许一旦竟会找到是全不费功夫的。在这个找寻的当中，有了许多不必要的牺牲，也有了许多不期望的收获。例如中国新近少年（不论男女）思想的开放，对于外来学问的虚衷，这是恐怕无论那一国的少年都不及的。最妙的是因为要抉发一切中国固有的事物的缺点，便每事每物都找一样新东西来替代，但是那有功夫心力造这许多新东西呢，于是不得不取资于西洋，但是那有功夫心力知道这许多西洋东西呢，于是杜撰了许多新东西却冒充了西洋的牌子。结果这些新东西倒是意外的收获。中国少年已经连中国的文字都攻击到了，虽然将来用什么符号来代替，现在尚在不可知之数，但这种攻击自己文字的精神，西洋人真是连做梦也不会有的，再说一位法国的朋友罢，她是女子，是刺绣专门学校的校长。我现在好像欺侮她不懂中文，背后说她的短长了，但这是事实，我依旧极尊敬她。她的年龄恐怕比我要小五年十年罢，但她的敬神却比我的母亲还要虔诚。一位中国小姐说："如果中国有这样一位专门学校校长，老早就站不住脚了。但是，"她立刻转过口来说，"我看见中国女校长爱打麻雀的有好几位了，与其腐化，不如迷信！"这倒也说得对。这位太太一到庙里，有时跪下去简直不大肯站起的，除了我母亲一辈古道的人以外，中国近来确实少见了。但是迎神赛会之类我们何不留下一点玩玩呢？……我想到这里，看见坛上的大人物似乎表示仪式将要完了，时候也近午，于是我们各人摸一摸自己的小腿站起来了。

我们在庙外的海边沙地上用膳。自然也有不少香客是到我上面所讲的簟篷里去的罢，但散在这沙地上的也不下数百组。沙地如天空，一组一组的食客有如星座，这是一个自古未有的大食堂。

下午的仪式是先出迎然后演讲。庙里面的法物全搬出来，再加上女子唱歌队。我们打听得队伍经过的路线，先占了一块草地坐了。我是个不安分的人，他们准许我出去到各地做斥候。我认定我们两位小姐的蓝帽子做标记，不怕找不着自己的队伍了，然后出发去闲逛。我看见咖啡馆里有人吸醉酒了，正在那里讲醉话，一个新派的画家远远的画他的醉态。我看见一个小台上，大刀士正要举起铁锤来，却尚对着观众谈闲天。我看见唱歌队的女子已经准备好了，坐在庙屋外阴地里的条凳上，一队是黑色缎袍，上绣黄花，据说这是娘儿们，一队是白色缎袍，上绣白花，据说这是小姐们，她们坐着极静穆的，一列一列又极整饬的，约有四十余人模样，外面则围着看客，我就是这看客中的一个。我走出重围，要想到摊子里买烟去，但是奇怪，走遍这许多的摊子，竟买不着一包烟卷。法国人吸烟真是不在乎，吸烟的人远没有中国多，而且烟是公卖的，价目贵过中国三倍。摊子里的娘儿们说得妙："巧格力糖不是也好吗？"我便买了巧格力糖代烟卷。

于是乎种种绣花的旗，于是乎十字架上的像，于是乎黄白的歌女，于是乎穿着红袍的自塔衣地回来的牧师，一切一切，接连成二三里路长的队伍，自庙门出发，向斜面边上插有小旗的地方去绕一圈，然后又回至祭坛讲演并行礼。这一次我们兴致却没有上午好了，许多香客也都一样，一部分各找自己的汽车去了。维嘉、春苔二君步行回杜亚纳尼，我们则找汽车回去。与妙峰山的"带福还家"一样，此地也通行香客每人买一朵纸花作记念。

一直到晚饭前后，全村还是闹营营的。晚饭桌上，才知维嘉夫人的母亲后来一个人也去的，只是香客到底太多了，所以在庙内我们没有相遇。饭后，旅馆老班（不消说，这班字读如班昭之班，不读如班固之班），总厨娘，胖子，玛丽等等，都到饭厅里来闲谈，话题无非是"圣安那"，维嘉先生早上临走时答应替她们多拜几拜的，所以她们一定很放心，即使因为职务的关系，不能亲自到庙里去，但是有人代拜不是一样的吗？

这真像的是中国的乾嘉时代！

现在的法国怎么可以比中国的乾嘉时代？这句话是极不通的，然而是极通的。我初到法国的时候，许多在法国的中国朋友问我有什么感想，我说是我到了乾嘉时代了。我的意思是要说我到了独立国了，然而要不从空间上旅行，却要从时间上旅行，那么不是只要航过了鸦片战争这一道险隘，便到了乾嘉时代的独立国了吗？我们是因为后面有一支竹竿，所以把我们乱赶乱赶的，从乾嘉时代一直赶到××时代了；人家后面既没有一支竹竿，还不是开着眼睛走他们的旧路，与我们的乾嘉时代一样么？

且慢！人家也有着人家的问题：为了点缀这个宗教的盛会，晚上还有一段极有趣味的余兴哩。如果这是我小弟为文，那么我的文章真是一等名手，我做新闻记者老早出山了。然而这是事实，所以比文章更加可爱。这真值得大书特书的，便是：共产党游行示威，反对宗教。

×兄，你听我讲庙，庙，庙，一定听得烦腻得不可开交了，现在请你赤化一下以醒目，好吗？原来我们住下的这个杜亚纳尼县，县知事便是一个共产党，所以满街张贴的都是共产党告人民书之类，然而勃勒搭尼一带人民，大部分还惦记着旧皇室（有如我纪念乾嘉时代，则我亦皇党之流亚耳），连法兰西共和国尚且不十分信仰，遑论什么共产党呢？这便是他们的问题。然而正因为这样盛大的香市，和共产党同时存在，才显得他们的乾嘉时代。我们中国是，共产党例须杀头，现在大概连上庙烧香也快要杀头了！竹竿呵！竹竿呵！你要赶我们到什么时候才休止呢？

勃勒搭尼大体上虽然富庶，也很有苦人。还有也许因为文字的关系，所以法国文化的陶镕，似乎还没有十分到家。法国境内有五处地方的人民不讲法文，勃勒搭尼便是最大的一处。虽然不讲，平常却总说全国人没有不能听的，然我们在勃勒搭尼竟也遇见许多连听也困难的人。因此知识上难免有一些隔阂了。杜亚纳尼海岸有一条长堤伸入海中，早晚我们常常到堤上去吹风。堤端用铁栏栏起一小方地，内置风向旗，游人可以在外面看风向，但不能走进小方地去。我们在堤上站着的时候，常见有人（小孩居多，也有大人）一直一直往堤端走去，走到小方地旁，向铁栏杆踢一脚走了。我们总万分奇怪，心中怀着一个疑团。后来打听，知道本地俗传，到堤上踢一脚铁栏杆是有福的。

杜亚纳尼是号称"沙丁之乡"的，捕沙丁的渔船出发，和他们的回来，我们都看了。那种渔人便是勃勒搭尼的苦人。一天我们站在堤上，偷看船上的渔人吃饭。先有一个人拿出捕来的鲜沙丁一大包，用一把小刀割下鱼头，割下一条便放一条在锅内。锅下烧着木柴，水正要开着。不去鱼鳞是意中事了，吃沙丁照例是不去鳞的，但也不剖洗。不过他有极高妙的本领，小刀割下头来时，有一条东西跟着抽出，大概便是鱼肠了。至于洗，这是刚从水里提起来的，难道再放下水中去洗么？不洗倒也合乎逻辑的。这样把沙丁全放入锅中以后，船上诸人各拿一只自己的碗出来，坐在甲板上煮沙丁的地方。人数大约是七八位。碗的大小式样各不相同，当然是各人认定自己的一只。坐下以后，各人拿出一块面包，照刚才一个割沙丁头的模样，用小刀把面包一小片一小片的切下来，放入自己的碗内。七八人都切好了，锅内的沙丁汤也熟了，于是各人取沙丁汤冲在自己的面包碗内。他们的聚餐便开始了。谁说西洋人吃饭是必用刀叉的？勃勒搭尼的渔父何尝不是西洋人，他们的食具除了一只碗以外只有一只勺子了！正如西洋人只知道中国人吃饭用筷子，那里知道中国吃窝窝头的苦朋友却用不着筷子。中国人把西洋人所吃的饭食叫西餐，叫番菜，我不知道这种饭食也应该算在西餐或番菜之内的吗？

除了参加圣安那的庙会以外，我们还到邻村去游玩，去访古。

我们初到，便知道这里有一个邻村曰德来蒲，因为这里是铁路的终点，而终点的站名便叫德来蒲·杜亚纳尼（Tréboul-Douarnenez）。这个德来蒲有着勃勒搭尼著名的古迹，却是维嘉先生告诉我们的。

极古极古的时代，在德来蒲住有一种酷爱跳舞的小民族，他们的身材只有我们小孩子抱着玩的泥人儿那样大。凡有人经过，尤其是如在深夜，小民族便呼朋引类，结为一团，绕着过客跳舞，直跳到他死而后已。有一回，一对农村里的少年夫妇刈草回家，经过其地，被小民族看见了，便照例把他们围起来跳舞。然而跳了久久，并不见少年夫妇有死去的神气，少年夫妇也觉察今天大约不至于遇难，索性静候一下看他们有什么变化。这时候辨别出来小民族的歌词中有礼拜一、礼拜二、礼拜三等字样，而未闻有礼拜四、礼拜五、礼拜六的声音，知道他们是避讳的。然而何以跳得如此之久而我们尚不死呢，一定我们身上有一样东西是他们所畏惧的了。小夫妇俯下头去一看，身边别无他物，除了一柄刈草回来带着的镰刀。"对了"，小夫妇同时喊出来，他们从此视镰刀为护身法宝，而且和小民族同时跳舞，不过小民族是空手的，他们是有镰刀的，小民族是有忌讳的，他们是大喊礼拜四、礼拜五、礼拜六的。这样支持了没有多久，小民族便向小夫妇求和了。两方谈起话来，知道小民族的致命伤确是这两件事情；现在既然言和，便不妨告诉小夫妇他们是住在什么地方的石屋里，小夫妇也同了他们去看。从此过客可以放胆经过德来蒲，没有小民族再来作祟，而且小民族与大民族通好，小民族善医术，大民族有什么病痛的时候，还常常请小民族中人去医治呢——但到底这是很古很古的事了，所谓小民族也早在没有历史以前消灭了，勃勒搭尼的神话是大家知道极丰富的，然而，小民族却留下了他们的石屋，至今还在德来蒲。

这个小民族名叫Korrigans，勃勒搭尼的原文叫Kouriquet，他们的石屋便叫Grottes des Korrigans。最著名的一个我们去参观了。石屋作长巷形，是用大片的花刚石合成的。所谓大片者，是高约七尺宽约五尺的秋叶，平列两行，甲行与乙行的上端相遇，成人字形，下截展开，一部分插入土中。每行约有十片，长巷形便成功了。虽然据我看有七尺高模样，但一因下截一部分插在土中了，二因上端是人字形，所以我们进去的时候，还是自己卑躬屈节，做成小民族的高矮的。我们在里面，站既不能，坐又不可，最好是蹲着。春苔带了自动摄影机去，我们四个人蹲在长巷的甲端，摄影机置于长巷的乙端，幸而每片石片间有极大的空隙，虽然在巷内，天光依然可以进来，总算留下了一个极好的纪念。

名胜古迹的赏玩是一事，学术的研究又是一事。说句体己话，这个石屋究竟是什么呢？一说确是住屋因为勃勒搭尼不但发见石屋而已，石屋内有时也发见食具之类。又一说是坟墓。这倒我也甚以为然，因为当我蹲在石屋内的时候，我即刻联想到中国的寿圹。还有一说是神龛。当然不是基督教的神龛，谁知道他们当时是个什么教呢！无论这三说中的那一说都好，总之这是绥尔底（Celtique）民族的遗物，正与勃勒搭尼语也承绥尔底语的余绪，是两相辉映的。维嘉先生很博学，他尤其爱好勃勒搭尼，这些话都是他蹲在石屋中的时候讲述的。他还说，到了现在，不但本地的小孩子，有时连大人在内，还相信从这个石屋巷里钻过去，一直钻过去，可以通到英国的。

维嘉先生不但是一位学者，他尤其是一位君子。他的东方式的孝顺母亲是朋友们都知道的。其实近来在中国，"孝"字倒已不算一种名分，渐渐有回复天性之爱的倾向了。他们西方人呢，变了名分以后的弊病是决不会梦想到的，所以尽力的做去，似乎还是恰到好处。他也非常注重礼节，因为中国人是有礼节的民族，所以他爱中国，爱同中国人来往。如果他有一丝一毫的失礼，我们淡淡的看过了，在他却是十分抱歉，认为极其严重的。举一个极端的例罢。我们有一天同在路上走，有几个小孩子迎着过来了，看去不大像学校的学生。法国学校中，教礼节是仿佛中国古代的教育一般，在我看来有一点过当的。所以法国学生大抵脸色极清秀，举动极文雅，眼睛极灵敏，应对极清晰，无时无刻不在注意之中的。因为精神方面的训练太到架了，所以体格大抵较差。像英美那样发狂的运动固然没有，即以我一个中国人的眼光来看，也觉得对于运动还欠注意些哩。这几个小孩子也许一个暑假来没有学校的训练，渐渐有些放肆了，其中的一个忽然对着春苔说："先生，你的头发有点像女人！"这在我们看来真是一点不觉得什么，不过维嘉先生却答复他一句极严重的训斥："那么你呢？我看你有点像没有教育的孩子！"

我们一路行来，随时随地，随事随物，维嘉先生必用他的广博的学问，热烈的诚心，为我们讲述。走到一个地方，他忽然站住了，指着一种牵牛花模样的花朵对我们说："你们看这花蕊，三个紫色的钉，五个黄色的锤，像不像耶稣十字架上物？所以这花名叫passiflore，意思就是fleurs de la passion（受难的花）。"而且真奇怪，花蕊上的钉可以随意拨动，转换方向的，怪不得中国名字叫风车花或时计花了。×兄，你见过这花么？中法字典里的名字也许是从日本文来的，中国境内未必有这花罢。

天色渐渐的就暮了，在暮色苍茫中我还看见了一件极有趣味的东西，我们因为对面来了一群牛，不得不让路，才得由小路通曲径而看见的。这是一个池荡旁边的小庙。上面我已经讲了许多的庙和庙会等等了，但是勃勒搭尼也有像中国"画壁财神殿"一类的小庙，我却万想不到。一个小池荡旁边，面临着池，造起一间小屋来，大约只有一人高，规模完全是中国的画壁财神殿。不过他们倒是用泥塑成一尊神像，连塑像的艺术都与中国差不多，脸用粉红色，眼用黑色，袍用各种彩色。像前置两大蜡烛台，是铁质而外镀锡粉的，当中则是一条木质的蜡烛桥，上面还有一支蜡烛，足见求神者是刚走不久哩。我对维嘉先生说："这可以说与中国没有一点不同了，只是中国求神必用一对蜡烛，从未见只用一支的。他说这也看人的贫富，平常也用一对。其他还有一点像的是一块匾额。匾额在中国，是无论大小庙都通行的，即使小到画壁财神殿，至少总也有一块"有求必应"。至于西洋，那真是少见到可以说绝对没有的了。西洋庙宇建筑的宏伟，的精丽，的坚实，真是一言难尽。凡游一个城市，我也与在中国一样，几个大庙必去一到的。所以我见过的庙宇实在不少了，但未见有用匾额的。只是这个小庙里为什么和中国一样用匾额，真是令我惊叹不置了。匾额五个字是"St. Pierre Priez Pour Nous"，所以知道这神像是圣彼爱。但是也像中国一样，常常会有"坏人"来妨害神像；一个咖啡馆里的老太太对我们说："近来时势不好，常有坏人把神像扔到水中了，或把神像的眼睛涂成别种颜色了！"

我在勃勒搭尼的一星期真是匆匆的过去了。我实在舍不得走，我尤其舍不得维嘉先生们。但是一星期的来回车票已经满期，暑中一二月来也太多跑了地方，很想回到巴黎去休息了。所以第八日的大早，我硬起心肠，走上巴黎的路。只是勃勒搭尼的一切，也如勃勒搭尼的油酥蛋卷（crêpe）在口内尚有余味一样，白纱罩呀，黑绒袍子呀，绣花背心呀，池荡旁边的小庙呀，都永远在我的记忆中。旅馆老班固然招呼得十分周到，但是我们的房东更十分厚待我们。临别对我们讲，明年来时，可以先写一封信通知他们，免得再从旅馆里转，只要直接到他们那里去住好了。这为维嘉先生计倒确是极好的，他每年避暑差不多总在勃勒搭尼一角的，据说已有十余年了。但是我呢？我的精神却时时向着中国的风景地萦回。×兄，我很希望中国快快像人家一般的天下太平，行旅毫无阻碍了，使我们多游几处地方。做了浙东人而尚未游天台雁荡，真是终身憾事呵！

此颂俪福。

弟伏园手上

（选自《小说月报》第21卷9月号，1930年9月10日出版）

哭鲁迅先生

像散沙一般，正要团结起来；像瘫病一般，将要恢复过来；全民族被外力压迫的刚想振作，而我们的思想界和精神界的勇猛奋进的大将忽然撒手去了。

鲁迅先生去世的消息，我于一天半以后才在定县得到。十月廿日的下午三点钟，我被零碎事情缠绕得还没有看当天的北平报，多承褚述初兄跑来告我这样一个惊人的消息。从此一直到夜晚，我就没有做一点工作，心头想的，口头说的，无非鲁迅先生。我没有哭。我本来不敏感，后来学镇定，最后却因受刺激多了，自然成就了麻木。但我觉得这一回我所受的刺激是近几年来少有的。

我回忆到廿五年以前去了。

我最初认识鲁迅先生是在绍兴的初级师范学堂。那一年是宣统三年，我十八岁，在绍兴初级师范学堂上学。浙江光复以后，绍兴军政府发表师范学堂的堂长是原来绍兴府学堂的学监周豫才（树人）先生，就是日后的鲁迅先生。鲁迅先生到校和全校学生相见的那一天，穿一件灰色棉袍，头上却戴一顶陆军帽。这陆军帽的来历，以后我一直也没有机会问鲁迅先生，现在推想起来，大概是仙台医学专门学校的制服罢。鲁迅先生的谈话简明有力，内容现在自然记不得了，但那时学生欢迎新校长的态度，完全和欢迎新国家的态度一样，那种热烈的情绪在我回忆中还是清清楚楚的。

我是一个不大会和教师接近的人：一则我不用功，所以不需要请教；二则我颇厌倦于家庭中的恭顺有礼的生活，所以不大愿意去见师长。我和鲁迅先生的熟识却是因为职务，我那时正做着级长，常常得见学校的当局。记得一件奔走次数最多的事是学生轰走了英文教员，鲁迅先生的态度以为学生既要自己挑选教员，那么他便不再聘请了。我于是乎向校长和同学两方面奔走解释。那时鲁迅先生说："我有一个兄弟，刚刚从立教大学毕业回来，本来也可以请他教的；但学生的态度如此，我也不愿意提这个话了。"这指的便是周启明先生。同学听到这个消息以后，非要我努力请到这位校长的兄弟继任英文教员不可，但是我稚弱的言辞始终没有打动校长的坚决，英文讲席到底虚悬，只是年考时居然喜出望外的来了周启明先生给我们出题并监试。

鲁迅先生有时候也自己代课，代国文教员改文。学生们因为思想上多少得了鲁迅先生的启示，文字也自然开展起来。大概是目的在于增加青年们的勇气吧，我们常常得到夸奖的批语。我自己有一回竟在恭贺南京政府成立并改用阳历一类题目的文后得到"嬉笑怒骂皆成文章"八个字。直到现在廿五年了，我对这八个字还惭愧，觉得没有能副鲁迅先生的期望。

鲁迅先生不久辞了校长。后来知道鲁迅先生交代的时候，学校里只剩了一毛多钱；也从旁处听见军政府如何欠付学款，及鲁迅先生如何辛苦撑持。那时候一切都混乱，青年们发现了革命党里也有坏人，给予简单的头脑一个不期待的打击。对于旧势力的抬头，这却是一个极好的机会。继任鲁迅先生作校长的，正如继任孙中山先生作总统的：这个对比，全国各地，无论上下，都极普遍。欠付学款的军政府，因为种种措施不妥，后来成了全绍兴攻击的目标，旧势力找到革命党的罅隙，乘机竭力的挣扎出来。青年们一般的陷入苦闷，我也不再进那个学校。

鲁迅先生跟着南京政府搬到北京，他的苦闷也许比一般青年更甚，只要看他在创作《狂人日记》以前几年，住在绍兴会馆钞古碑的生活就可知道。不过外面虽然现着异常孤冷，鲁迅先生的内心生活是始终热烈的，仿佛地球一般，外面是地壳，内面是熔岩。这熔岩是一切伟大事业的源泉，有自发的力，有自发的光，有自发的热，决不计较甚么毁誉。例如向金陵佛经流通处捐资刻《百喻经》，又如刊行《会稽郡故书杂集》，这种不含丝毫名利观念的提倡文化事业，甚至一切事业，在鲁迅先生的一生中到处可以看得出来。

凡是和鲁迅先生商量甚么事情，需要他一些助力的，他无不热烈真诚的给你助力。他的同情总是在弱者一面，他的助力自然更是用在弱者一面。即如他为《晨报副刊》写文字，就完全出于他要帮助一个青年学生的我，使我能把报办好，把学术空气提倡起来。我个人受他的精神的物质的鼓励，真是数也数不尽。当我初学写作的时候，鲁迅先生总是鼓励着说："如果不会创作，可以先翻译一点别国的作品；如果不会写纯文艺的东西，可以先写一点小品杂记之类。"许多人都是受到鲁迅先生这种鼓励得到成功的，我也用了鲁迅先生这话鼓励过比我更年青的人，只是我自己太愚鲁，也太不用功，所以变成了例外。

至于为人处世，他帮忙我的地方更多了。鲁迅先生因为太热烈，太真诚，一生碰过多少次壁。这种碰壁的经验，发而为文章，自然全在这许多作品里；发而为口头的议论，则我自觉非常幸运，听到的乃至受用的，比任何经籍给我的还多。我是一个甚么事情也不会动手的人，身体又薄弱，经不起辛苦，鲁迅先生教我种种保卫锻练的方法。现在想起来真是罪无可逭：我们一同旅行的时候，如到陕西，到厦门，到广州，我的铺盖常常是鲁迅先生替我打的。耶稣尝为门徒洗脚，我总要记起这个故事。

在陕西讲学，一个月时间得酬三百元。我们有三个人不到一月便走了，鲁迅先生和我商量：只要够旅费，我们应该把陕西人的钱在陕西用掉。后来打听得易俗社的戏曲学校和戏园经费困难，我们便捐了一点钱给易俗社。还有一位先生对于艺术没有多少兴趣，那自然听便。西北大学的工友们招呼得很周到，鲁迅先生主张多给钱。还有一位先生说："工友既不是我们的父亲，又不是我们的儿子；我们下一趟不知甚么时候才来；我以为多给钱没有意义。"鲁迅先生当时堵着嘴不说话，后来和我说："我顶不赞成他的'下一趟不知甚么时候才来'说，他要少给让他少给好了，我们还是照原议多给。"

鲁迅先生居家生活非常简单，衣食住几乎全是学生时代的生活。他虽然作官十几年，教书十几年，对于一般人往往无法避免的无聊娱乐，如赌博，如旧戏，如妓院，他从未沾染丝毫。教育部的同人都知道他是怪人，而且知道这所谓怪者无非书生本色，所以大家都尊敬他。他平常只穿旧布衣，像一个普通大学生。西

服的裤子总是单的，就是在北平的大冷天，鲁迅先生也永远穿着
这样的单裤。

一天我听周老太太说，鲁迅先生的裤子还是卅年前留学时代
的，已经补过多少回，她实在看不过去了，所以叫周太太做了一
条棉裤，等鲁迅先生上衙门的时候，偷偷地放在他的床上，希望
他不留神能换上，万不料竟被他扔出来了。老太太认为我的话有
时还能邀老师的信任，所以让我劝劝他。

鲁迅先生给我的答话却是不平庸的．"一个·独身的生活，
决不能常往安逸方面着想的。岂但我不穿棉裤而已，你看我的
棉被，也是多少年没有换的老棉花，我不愿意换。你再看我的
铺板，我从来不愿意换藤绷或棕绷，我也从来不愿意换厚褥
子。生活太安逸了，工作就被生活所累了。"这是的确的，
鲁迅先生的房中只有床铺，网篮，衣箱，书案，这几样东西。
万一甚么时候要出走，他只要把铺盖一卷，网篮或衣箱任取一
样，就是登程的旅客了。他永远在奋斗的途中，从来不梦想甚
么是较为安适的生活。他虽然处在家庭中，过的生活却完全是
一个独身者。

鲁迅先生的北平寓所是他自己经营的。有一位教育部的同事
李老先生最帮忙，在房屋将要完工的时候，我同鲁迅先生去看，
李老先生还在那儿监工，他对我客气到使我觉察他太有礼貌了。
我非常局促不安。鲁迅先生对他说："李先生不要太客气了，他
还是我的学生。"李老先生的态度这才自然得多了。鲁迅先生自
己待朋友，和朋友待他，大抵是如此义侠的。他把友敌分得非常
清楚，他常常注意到某人是Spy，某人是Traitor，一个不干过革

命工作的或只是寻常知识社会或商业社会的人是不大会了解的，他们只了解酒食征逐的或点头招手的相好。而鲁迅先生的朋友大抵是古道热肠的。他后来同我说："你看李先生这种人真是好朋友，帮我那么多日子的忙，连茶水都不喝我一口的。"

李先生替鲁迅先生的北房之后接出一间房子去，用玻璃窗，近乎画室，作为鲁迅先生的写作场所，鲁迅先生和我便到这间房子中坐下。鲁迅先生说："我将来便住在这个老虎尾巴里。"因为这间房子是在全房屋的后面拖出一条去，颇像老虎之有尾巴；一直到鲁迅先生离开北平，一切写作及起居，都在这老虎尾巴中。老虎尾巴的北面还有后园，自然是因为老虎尾巴而缩小多多了。散文诗《秋夜》的开头便说："在我的后园，可以看见墙外有两株树，一株是枣树，还有一株也是枣树。"这似乎便是鲁迅先生坐在老虎尾巴中的创作的第一篇。

到厦门，到广州，我和鲁迅先生都在一起。鲁迅先生到一处新地方，都是青年心理，抱一腔很大的希望。厦门风景的阔大旷野，可做的工作之多，初到时给予我们的印象实在深刻。后来固然因为广东方面的不能推却，只有离开厦门到广东去，但是厦门的许多人事，我后来听鲁迅先生说，那真是初去时所不及料的。

广东给人的希望更多了。但是结果也和厦门一样。鲁迅先生后几年多用时间于写作，关于厦门和广州，都有详尽的纪载；我却被武汉，欧洲，定县，这三段不同的生活所隔，有时翻阅鲁迅先生纪载华南景物的文字，竟有如同隔世之感了。只是鲁迅先生从广州北返上海时，和我将要从上海动身赴欧洲时，这中间我们有许多次谈话的印象至今还是深刻的。我从欧洲回国，以后便长期住在华北的农村里，曾有三四次经过上海，总是匆促的很。周乔峰先生在商务印书馆，访问比较方便，有时也正值鲁迅先生的住址不能公开，我于是只求乔峰先生代为问好，屈指一算违教已经八年了。

十月廿日下午三点钟的消息，钩起我廿五年来的回忆。这回忆，用了廿五年的时间，清清楚楚的写在我的生活上，我无论如何没有法子再用笔墨翻译成文字的了。能翻译的也许只是最不精彩的一部分。

廿一日我到北平，廿二日往谒周老太太。鲁迅先生的客厅里原来挂着陶元庆先生所作的木炭画像，似乎略移到了居中一点；即在这画像前供了一张书案，上有清茶烟卷文具；等我和三弟春苔都凄然的致了敬礼，周太太陪我们到上房见老太太，先看见鲁迅先生的工作室"老虎尾巴"依旧，只是从此不会再有它的主人骑在上面，作鞭策全民族往前猛进的伟业了。

周老太太自然不免悲戚，但是鲁迅先生的伟大，很看得出大部分是秉承老太太的遗传的，只是老太太比鲁迅先生更温和，慈祥，旷达些。"论寿，五十六岁也不算短了；只是我的寿太长了些；譬如我去年死了，今年不是甚么也不知道了么？"听老太太这话，很像是读鲁迅先生的文章，内含的哲理和外形的笔法都是相像的。老太太今年才八十，这样的谈风实在是期颐的寿征。只是周太太的凄楚神情，不禁也令我们动感。

"绝望之为虚妄，正与希望相同。"对于鲁迅先生躯体的生存，我们是已经绝望的了；但我们诵鲁迅先生的这句遗教，知道绝望也是虚妄的，那么我们还是转到希望一面，也许希望比绝望少虚妄一些，我们希望鲁迅先生的思想精神永远领导着我们勇猛奋进罢。

（选自《鲁迅先生二三事》，作家书屋1944年版）

记顾仲雍

珊瑚细珠穿成的瓜皮帽结，光绪末年很通行于江浙一带。时风所被，愈趋而愈益新奇，于是少年人有以整块珊瑚雕为帽结形状者，其实听说只是某种大鱼的骨头染成红色罢了。头上戴了这样鱼骨帽结的小帽，身上又穿着一件金丝绒的马褂，由现在回忆起来，简直像一个缩小了的候补道，这就是宣统元二年时代的顾世明，字仲雍。那时我十七岁，他大概更小罢；我们同是浙江绍兴的一个师范学校的学生。

学校在一个专断而又热心的维新守旧党的手中。我们的学校生活，除了依照学校的规则，机械的进行以外，现在简直记不起一件有趣的事。只记得我与仲雍是同在一个寝室的楼上住的，从归寝到熄灯统共只有十分钟，所以每天我们都得匆匆忙忙的脱衣上床；上床之后刚想有什么关于白天学校以内的事件的讨论，忽而寝室的玻璃门里映进了"诸葛灯"的白光，我们或者就从此不则一声睡着了，或者等候三五分钟之后不见灯光了再开讲。后来发明一个抵制的方法，是在寝室的总门上系了一条绳，每日由同学轮流管掌牵的绳事务，一到熄灯以后舍监或校长上楼检查以后，绳便紧紧的牵住，使他们没有第二次上楼的希望，我们便可以畅所欲谈。

这一条绳的计画后来被破获于一个新来的校长。他对于学校的办法与前校长大不相同了，功课上使我们有讨论研究问难的完全自由。他是宣统三年革命的时候进来的，那时我们同学的精神也随着革命的潮流洗去了不少的旧染。但他在有一天的晚上检查寝室的时候，却发见了我们的秘密，据第二天掌握牵绳的同学报告，昨晚熄灯时新校长跟在听差的背后，把一条长绳咭咕咭咕的抽完拿走了。这新校长就是今日人人知道的小说家鲁迅先生。

出师范学校以后，我各处的跑，仲雍也各处的跑罢；十余年间谁也不知道谁的消息。一直到戴东原二百年的纪念会场中，他走上安徽会馆的戏台上来与我握手，这才知道我们同住在一个北京城里却不相问闻者也有半年了。从此他便常寄些文艺作品给我，那时我正编辑晨报副刊，替他发表的计有《昨夜》等等三四篇，而《昨夜》一篇尤其得胡适之先生的赞许。

暑假我到陕西旅行去了，他也回到绍兴去过夏。夏已完了，秋也去了，而还杳无仲雍北来的消息，朋友们都说大概是交通阻碍之故罢。果然，单不厂先生接得他父亲自署"弟反服生"的来信，说仲雍无日不想北行，只因交通断绝，竟发了十余日的梦呓急死了，说的全是文学上的话，他一点也不懂。我说梦呓一定是伤寒的病象，绍兴虽然有个美国医生，大战时曾经主张将同盟协约两方的兵力合攻霉菌的，但环境的力量到底大，反服生先生大概不肯去请教洋鬼子的罢，于是一个青年小说家轻轻易易的被霉菌攻克了。

我所知道关于顾仲雍的事只是这一点。

（选自《语丝》第1期，1924年11月17日出版）

亲送《语丝》记

小峰吾兄：

"三个蹩脚洋鬼子"夹着《语丝》沿街叫卖，这是《语丝》初出时我们给读者的一个深刻的印象。现在我要告诉你"一个蹩脚洋鬼子"亲送《语丝》的故事了。

你对我说，虎坊桥三十三号的阎进兮屡次来信责问《语丝》何以不寄到，而我们寄去的《语丝》却由邮局黏一个纸条，说三十三号查无阎进兮其人，所以原封退回；我们因为他的信上清清楚楚的写着三十三号，所以又寄去，但是又黏上纸条退回来了，我说虎坊桥是我常路过的，即使不常路过，为了《语丝》的缘故，也为了好奇心驱使的缘故，我一定要亲自送去。

我到虎坊桥三十三号一看，原来是一家杂货铺，字号是"瑞宝信"，好像与《语丝》不会发生什么关系似的。我进去探问了，也与邮政信差一样，访不着一个什么阎进兮，店伙说他们全铺中没有姓阎的。我就问他们里面有没有寄住的人，有没有老班的亲戚朋友他们可以代收的；他们果然到处去找了，结果是说："有一个新来的学徒，的确是姓阎，现在出去了，我们可以代收；那时让邮政局退回，是因为他新来，我们不知道他姓什么。"

现在我写这封信要告诉你的就是这句话，我们的一个爱读者阎进兮是新进杂货铺的学徒。

伏园

（选自《语丝》第12期，1925年2月2日出版）

《语丝》的文体

启明先生：

　　《语丝》并不是在初出时有若何的规定，非怎样怎样的文体便不登载。不过同人性质相近，四五十期来形成一种《语丝》的文体。昨日谈话会上，林玉堂先生主张扩大范围，连政治社会种种大小问题一概都要评论，这话初看起来似乎主张略改《语丝》的体例，我看实际不然。《语丝》同人对于政治问题的淡漠，只限于那种肤浅的红脸打进黑脸打出的政治问题，至于那种替政治问题做背景的思想学术言论等等问题还是比别人格外留意的。说得加重一点，倒是《语丝》同人最热心于谈政治，那种红脸打进做一条评论，黑脸打出再做一条评论的人们才真淡漠于谈政治呢。

　　所以林先生所云，只是《语丝》内容的扩大，与《语丝》文体无涉；进一步说，即使连文体也一气扩大了，我还是赞成林先生的提议。因为仍是开首那句话，我们最尊重的是文体的自由，并没有如何规定的。四五十期以来的渐渐形成的文体，只是一种自然的趋势；既是自然的趋势，那么渐渐转移也是无疑。

　　我想先生的主张一定与我是一样的。先生一定说：那一位爱谈政治，便谈政治好了，那一位爱谈社会，便谈社会好了；至于有些人以为某种文体才合于《语丝》，《语丝》不应登载某种文体，都是无理的误会。我是主张扩大范围的一个人，至少是内容的扩大；可惜的是我近来文思太拙，自从那篇"脍炙人口"的《亲送〈语丝〉记》以后还没有动过。不过以今天为始，或者要多嚼些舌了，题目还是那篇久悬未作的《代万羽答代快邮》。

十月二十七日，伏园

（选自《语丝》第52期，1925年11月9日出版）

读书与求学

四十岁以上的人，每把求学叫做读书；这读书，也就是四十岁以下的人所称的求学。（虽然四十岁只是一句含混话，并不极端附和钱玄同先生一过四十岁即须枪毙之说，但是到底隐隐约约有一条鸿沟，横在三五十岁中间的某一年或几年，也是不必讳言的事实。）

理由是：四十岁以上的人，一说到求学，即刻会引起他那囊萤映雪，窗下十年的读书生活，所以他以为书中自有黄金屋，书中自有颜如玉，读书以外无求学，要求学惟有读书。而四十岁以下的人，在他们年幼的时候，新教育已经发现了曙光，知道求学不必限于读书，于是轻轻易易的，把年长者认为读书这件事，用求学两个字来代替了。

拿小学校来讲，校内功课共有七八种，国文只占七八种中之一种；国文之中，造句也，缀字也，默写也，问答也，而读书又只占四五种中之一种。中学大学也如此，有试验室，有运动场，有植物园，有音乐会，有各种交际，种种分子凑合而成为所谓求学，读书更是其中的小部分了。

有的前辈先生说：学生只准读书，不准做别的事。试设身处地一想，青年学子要不要怒发冲冠，直骂他为昏庸老朽！因为青年一听见他这句话，立刻就要想到："然则我们踢一脚球，走一趟校园，拿一支试验管也犯罪了，这还成什么世界！"其实呢，前辈先生口中的所谓读书，有一大部分也无非是求学，不过在他们壮年的时代，读书以外的求学确是少有罢了。

这两个字的关系并不很小。因为专心读书，第一得不到活的知识。凡书上所有，虽假也以为真，反之则虽真也以为假，这是读死书的先生们的普通毛病。第二，身体一定不能健康。所谓求学，是游戏与工作间隔着做的。在游戏的时候，虽然似把所学渐渐的忘去，其实则是渐渐的刻深，凡是学习以后继以游戏的，则其所学必能格外纯熟。因所学纯熟而得到精神上的慰安，因精神上的慰安又影响于身体上的健康。所以专心读书的人决不会有健康的身体的。第三，专心读书的人一定不能在团体中生活。

这第三层最重要。学生到学校里去，不是去读书的，是去求学的，换句话说，就是去学做人的。人是社会的动物，学做人便是学习社会的生活，就是团体的生活。团体生活的要素，如秩序，如提案，如监察，等等，都是非常切要的学问。团体生活要保持平安，第一须遵守秩序。章程法律虽然都是纸片，但潜伏着有莫大的势力，这势力本是团体中的各分子所给与的，却依然管束着团体中的各分子。所以各分子如果有扰乱团体安宁的事实，团体一定会有制止的实权，使秩序永远保持。但是各分子中如有真正不满意于团体进行的方向而想设法改良的，也不是没有方法，这方法就是提案。提案希望大多数的通过，所以有宣传，有各种运动，使大多数人对于现状感着不满，而对于新提案表示同情，于是而有不废一兵一卒而得着的人群的进步。这就是提案的功效。提案既经通过而尚有不奉行的，乃至被发见有违反议决案的行动的，于是有团体中的任何分子负着监察的责任。这种事例，讲起来非常简单，但孔孟之书里是不载的，前几年的教科书里也未必载，一直要到最近的三民教科书里也许会有。但有什么相干呢？这全在于实地的练习。如果在学校生活时深知球场规则的，出来决不会在各种会场里捣乱，也不至于因一时的私利而起干戈的冲突。十几年来，中华民国的扰攘不出二途，即文人争国会，武人枪地盘是。从前在北京时，朋友间闲扯淡，有人研究这现象的原因在什么地方。我毫不迟疑的答复他，说这是因为国会议员与督军们都没有踢过球的缘故。这句话是顽皮的，意思却是庄重的。那时候的国会议员与督军们，都是旧教育制度下出身，的确一辈子只把读书当做求学，没有受过一毫好好的游戏教育、运动教育和团体生活的教育。

于今十余年了。情形还是没有十分大变。这次中央全体会议如果开得成，那自然是一天大喜；万一开不成，如果有人来问我，我还是毫不客气的答复他，这是因为中央委员都没有踢过球的缘故。

叫人读书的人现在还是遍地皆是呵！

书是前人经验的帐簿，查阅起来当然可以得到许多东西的，但是前人有的爱上帐，有的爱把帐目记在肚角里，死的时候替他殉了葬。即使前人经验全在书里面，他的一点也只是浅陋的，我们要依着他走过的途径，在实验室里，在运动场里，在博物园里，在实际社会里，一步一步的向前进行。

研求呀，向着学问的大海！书籍只是海边上的一只破船，对于你的造船也许是有参考的用处的，但你却莫规行矩步的照着它仿造，因为这只是前人失败的陈迹，你再也没有模仿的必要了。

再过五十年，我相信，即使是白发老翁，也只有劝人好学，万不会再有人劝人读书了罢。

（选自《贡献》第一卷二期，1927年12月15日出版）

红　叶

　　因为看红叶，特地跑到绍兴去。上海是春天连蝴蝶也不肯光降的，秋天除了墓地里的法国梧桐呈着枯黄以外，红叶这一样东西从未入梦，更何论实景了。

　　绍兴是水乡，但与别处的水乡又不同。因为原来是鉴湖，以后长出水田来，所以几百里广袤以内，还留着大湖的痕迹。在这大湖中，船舶是可以行驶无阻的，几乎没有一定的河道，只要不弄错方向，舟行真是左右逢源。

　　在这样交叉的河道的两旁，我们鉴赏着绍兴的红叶。红叶是各地不同的，我与春苔、以刚两位谈论着：绍兴的是柏叶，红叶丛中夹着白色的柏实，有的叶只红半片，余下的半片还是黄绿，加上柏实的白色，是红绿白三色相映了；杭州的是枫叶，是全树通红的，并没有果实等等来冲淡它，除了最高处的经不起严寒变成了灰红色以外；北京人最讲究看红叶，这时我想起老友林宰平先生来了，我们的看红叶完全是他提起兴趣来的，也赖他的指示，知道北京人所谓看红叶完全是看的柿叶。柿叶虽然没有像绍兴柏树那般绿白的衬色，也没有像杭州枫叶那般满树的鲜红，但柿树也有它的特色，就是有与柿叶差不多颜色的柿子陪伴着，使鉴赏者的心中除了感到秋冬的肃杀以外，还感到下一代的柿树将更繁荣的希望。

　　这时候我不知怎的，突然发生一种悲哀的预感，觉得我们的眼福渐渐缩小了。这不是很明显的事么，我们今年就没有看到京西的红叶？北京的柿子是著名的，虽在大雪的天气，整车的红柿子还推着沿街叫卖，柿子上盖着一层薄雪，因为老年人说吃了可以戒煤毒的，所以大家不怕冻的坦然吃着。而在上海是，要想买一个好好的柿子也得不到。橘子与平果，是有"生基斯德"的，我们不愁没得吃。生基斯德如果不运橘子平果来，我们一定没有橘子平果吃了，柿子就是个好例。十几年前，一到这个时候，不是广东的柑子，福州的蜜橘，浙江的黄岩橘，都要上市了吗？生基斯德一到，这些东西完全销声匿迹了。而柿子更脆弱，简直不等生基斯德到，早已吓得魂不附体，不敢跨入洋场一步了。

　　于是我们大在绍兴吃柿子。我预料，果子的命运，与民族的命运，也许是有一脉相通的。上海现在已经没有柿子的足迹，绍兴的领域也许只是十年五年的事了，再过五十年，一定只有深山荒谷里还找得着，与台湾的"番席"一样，必有汉人挑了担子从深山荒谷出来，一担柿子换一盒火柴回去，而这担柿子一入洋场，便放进玻璃柜里，上面写着大字广告道："华柿：新从深山荒谷得来，曾耗去子弹三万粒，步马枪各五千杆，本店店员采办队，尚有十八人负伤住院未愈，除略取医药费外，特别廉价出售，以飨各界士女，每个洋五十元正"云。

　　岂但柿子的命运如此，衣食住各项的命运无一不如此。你到上海木器铺里去问，他们有没有一件木器，是用完全中国的木料，中国的油漆，中国的铰链做的？当然没有的。木料是从斐列滨日本运来，漆是一擦便掉的，中国的锁钥无人中意，也只好改用洋锁了。最使你听了惊异的是，如果你一旦驾鹤仙游了，棺材也非斐列滨日本的木材不办，龙游寿木的来源据说早经断绝了。举个最近的例，我们这个贡献杂志的书皮上不是有一条棉线么，在上海各处大小杂货铺里搜求了两三天，竟得不到一根中国的棉线，结果还是用J.P.Coats的。

趁时看看中国的红叶，大概不久也要没有得看了。

（选自《贡献》第一卷二期，1927年12月15日出版）

绍兴东西

　　从前听一位云南朋友潘孟琳兄谈及，云南有一种挑贩，挑着两个竹篓子，口头叫着："卖东西呵！"这种挑贩全是绍兴人，挑里面的东西全是绍兴东西；顾主一部分自然是绍兴旅滇同乡，一部分却是本地人及别处人。所谓绍兴东西就是干菜，笋干，茶叶，腐乳等等。

　　绍兴有这许多特别食品，绍兴人在家的时候并不觉得，一到旅居外方的时候便一样一样的想起来了；绍兴东西的挑子就是应了这种需要而发生的；我在北京，在武汉，在上海，也常常看见这一类挑子。

　　解剖起来，所谓绍兴东西有三种特性：第一是干食，第二是腐食，第三是蒸食。

　　干食不论动植物质，好处在：（1）整年的可以享用这类食品，例如没有笋的时候可以吃笋干，没有黄鱼的时代可以吃白鲞（这字读作"响"，是一个浙东特有的字，别处连认也不认得）；（2）增加一种不同的口味，例如芥菜干和白菜干，完全不是芥菜和白菜的口味，白鲞完全不是黄鱼的口味，虾米完全不是虾仁的口味；（3）增加携带的便利，既少重量，又少面积，既没有水分，又不会腐烂。这便〔是〕干食的好处。

至于腐食，内容和外表的改变比干食还厉害。爱吃腐食不单是绍兴人为然，别处往往也有一样两样东西是腐了以后吃的，例如法国人爱吃腐了的奶油，北京人爱吃臭豆腐和变蛋（俗曰皮蛋）。但是，绍兴人确比别处人更爱吃腐食。腐乳在绍兴名曰"霉豆腐"。有"红霉豆腐"和"白霉豆腐"之别。白霉豆腐又有臭和不臭两种，臭的曰"臭霉豆腐"，不臭的则有"醉方"和"糟方"，因为都是方形的。此外，千张（　名百叶）也有腐了吃的，曰"霉千张"。笋也腐了吃，曰"霉笋"。菜根也腐了吃，曰"霉菜头"。苋菜的梗也腐了吃，曰"霉苋菜梗"。霉苋菜梗蒸豆腐是妙味的佐饭菜。这便渐渐讲到蒸食的范围里去了。

蒸食也有许多特别的东西，但绝没有别处的讲究，例如荷叶米粉肉的蒸食，和鲫鱼青蛤的蒸食，是各处都有的，但绍兴人往往蒸食青菜豆腐这类粗东西。这里我要请周启明先生原谅，没有得到他的同意，发表了他托我买盐奶的一张便条。盐奶是一种烧盐的余沥。烧盐的时候，盐汁有点点滴下的，积在柴灰堆里，成为灰白色的煤块样的东西，这便是盐奶。盐奶的味道仍是咸——（盐奶的得名和钟乳石的得名同一道理）——而别具鲜味，最宜于做"搦豆腐"吃。"搦"者是捣之搅之之谓。豆腐搦了之后，加以盐奶，面上或者加些笋末和麻油，在饭锅子里一蒸，是多蒸几次更好，取出食之，便是价廉味美的"搦豆腐"了。又如干菜蒸肉，是生肉一层，干菜一层，放在碗中蒸的，大约要蒸二十次或十五次，使肉中有干菜味，干菜中也有肉味。此外，用白鲞和鸡共蒸，味道也是无穷，西湖碧梧轩绍酒馆便以这"鲞拼鸡"名于世。

（选自《文艺茶话》第2卷2期，1933年9月1日出版）

竖　鼎

——武训先生像赞

　　山东堂邑县私立武训中学，因要刊行武训先生纪念册，乃将武训先生遗像及事迹寄我，向我征文。我当初迟疑不敢下笔。因为我觉得用最空洞的文字，来赞扬最切实的人格和事业，是最不相宜的。要赞扬武训先生的人格和事业，最好是照着武训先生的事迹去实行。武训先生在沿路行乞的时候，常做一种名叫"竖鼎"的游戏，给市集上的人们取乐，嘴里唱着："竖一个，一个钱；竖十个，十个钱；竖得多，钱也多，谁说不能修义学？"这时候他的头和双手着地，成鼎的三足；双脚朝天，成鼎的两耳。他这样做一回，得到一个钱。现在堂邑，临清，馆陶，三处义学，都是武训先生用这类切实的方法，一个一个得来的钱办的。试问这样伟大的事迹，还是用一篇文字所能赞扬得了的吗？

　　用文字来赞扬武训先生的人格和事业是这样的困难，但是用实行去追随武训先生的人格和事业是再容易也没有的了。无论中国或外国，古圣先贤的人格和事业，值得我们用实行去追随的，少说也不下百数。但是我们总觉得有困难似的。这困难，依我看，大约有三个方面；而追随武训先生的人格和事业，这三个方面的困难都是没有的：

第一个困难是需要准备。例如孔丘和墨翟。他们因为有学问上的准备，才可以讲论古今，创立学说；因为有地位上的准备，才可以周游列国，访问诸侯；因为有经济上的准备，才可以不事生产，无忧冻馁。但是这一点最低限度的准备，已经不是人人所能有的了。而追随武训先生，却连这一点最低限度的准备都不需要。你的学问无论怎样浅薄，你的地位无论怎样卑下，你的经济无论怎样困穷；我还相信，你总比武训先生强；所以追随武训先生是不需要准备的。

第二个困难是需要同志。例如孙文和列宁。孙先生复兴中华民族的伟业是人人知道的，列宁的改革俄国也差不多。但是他们的成功都需同志的帮助。有了同志又需要组织，组织不善便发现派别离合，问题自然复杂了。所以这样伟大的人格和事业，是只让人瞻仰崇拜，而不让人追随的。武训先生却是始终一个人。他和两个哥哥分居了，连弟兄的帮助都不需要；他终身不娶，妻室的帮助他更不需要了。他把行善的美名让给别人，却把兴学的责任归给自己。他唱道："我要饭，你行善，修个义学你看看。"他又唱道："你们行好，俺代劳，大家帮着修义学。"他需要别人的布施，而行乞的始终只是他一人。所以追随武训先生是不需要同志的。

第三个困难是需要牺牲。例如耶稣和苏格拉底。大多数人往往是愚笨而且残酷的，代表大多数人执行权力的政府当然也和大多数人的意见一样。人格过于伟大，事业过于崇高，为大多数人的理解力所达不到的时候，大多数人的残酷的判断便发生效力，生命的牺牲不得不准备着了。但是每人只有一个生命，谁都爱惜他自己的生命的。以生命殉道，以生命殉信仰，到底都不是平凡的事情，平凡人是学不了的。而武训先生的信仰是教育。教育的力量比什么都大，而教育的手段比什么都和平。天下的母亲都可以放心，天下的妻子也都可以放心，如果你的儿子你的丈夫追随了武训先生，他将来一定可以和武训先生一样寿终正寝，政府所备的一切刑具也都可以封存国家博物院。所以我说追随武训先生是不需要牺牲的。

说是不能用文字赞扬武训先生的了，结果还是落了一篇文字。武训先生能作工，能唱歌，能竖鼎，一个钱一个钱的积起来兴学。我自愧什么都不能，比较容易的还是写几句文字。我这篇文字如果能值一文钱，那么这一文钱送给武训中学，算是我崇拜武训先生，学他竖了一回鼎罢。

（选自《艺风月刊》第2卷3期，1934年3月1日出版）

三弟手足

三弟手足：

　　艺风社的展览会快开了，你叫我写一篇文字来批评你的思想和艺术。这事在一个意义上是容易得很的，因为我无论如何不了解你的思想和艺术，我总可以站在老兄的立场，说几句冒充的内行话，仿佛比谁都懂得。此间晏阳初兄能写大字，笔致刚劲，颜中夹柳。去年河北省县政建设研究院成立于定县，将县政府作为院中四部之一的实验部，晏君任院长，实验部主任霍君兼任县长。晏君督同霍君改革弊政不遗余力，同时县府内外房屋也都修葺一新，晏君即在县府大堂上写《明德新民》匾额一方，大家都说写得不错。碰巧晏君的老兄到了，晏君问他有什么意见，他甘脆的答覆："不成！"晏君说："我哥哥也许是真知我者！"我想这样的批评家，我应该还担任得了，一面不必斤斤辨解何以"不成"的理由，一面作家也并不觉得受了批评家的侮辱，原故全在批评家是作家的老兄。

　　但在另一个意义上。这事却难了：我始终不懂得绘画，而且大家东奔西跑，离多会少，我对于你的思想也像对于你的艺术一般的茫然了。

　　只是有一点我似乎觉得颇有把握的，抓住了这一点我也许可以说几句话。这便是你的一切和我的一切都有相反的倾向这一点。两弟兄不是往往相像的吗，何以我们会处处有相反的倾向呢？据我的解释，这是有历史的原因的。这原因便是：我是父亲的一切的反动，你是父亲的一切承继。在举例说明以前，我想讲一个小故事来作引子。

父亲不抽烟，我抽烟，你却不抽烟。不抽烟在父亲一生的种种美德中，当然只占极小极小的一部分，现在我且把别的美德搁开不说。在我十五岁，你十一岁的时候，父亲因患喉症去世了。亲友们间或有人说，父亲如果是抽烟的，这个大祸也许可以没有。这种说法里面包含了几分真理，我至今还没有一点把握，但从十五岁起我便存着人必须抽烟的观念了。你也许因为年幼，不十分了解那次大祸对于我们家庭的严重性；也许你不相信那种说法里面包含了相当的真实性：总之你自自然然的承继了父亲的美德而不抽烟了。（你也有过几次抽烟的尝试，但是始终没有成功。）

这不过是一个引子，我下面再举几件较为重要的事例：第一是你的伟大。父亲那种做领袖的才能与魄力，对于事业的热烈与忠诚，对于弱者的同情与对于强者的不屈，无疑地你是全盘的承受了。你最爱帮人家的忙，你最勇于负责任。你会在大雷雨中到野外去画风景，你会不为名利所拘牵而牺牲无数的时间与精力去换取一件兴会所注的小事。这种性情表现在你的艺术上，使你少画静物，少画肖像，少画人体，而使你趋向大自然而成为风景画家，看不起繁荣的枝叶与浓艳的花朵而成为傲霜的菊与伴雪的梅的爱好者。

第二是你的精细。父亲因为身心健全，五官富于明辨的能力，所以乌云蔽日能见星辰，数丈以外能辨步声，事实未发现以前能有几分先知的把握：这些，你也无疑地承受了。你从幼就研究虫，研究花，甚而至于哭泣的时候还研究眼泪的气味，同学中都叫你细磨细琢的春苔。这种性情表现在你的艺术上，使你少用极大的篇幅，少用猛烈和幽暗的色彩，少用粗野与凶辣的笔触，而使你在画面上表现的只是温和的，娇嫩的，古典的空气。

第三是你的认真。父亲一生的操行简直是圣人，不抽烟只是他认真的一端，他不苟言笑，不轻许人，不随便然诺。他一生的嗜好只是栽花，因为他真正的爱花，不是为消闲，也不是为图利。他这种认真的性情你也全盘承受了。你对于朋友，对于事业，对于一切，人人知道你是认真的。这种性情表现在你的艺术上，使你少有想像的构图，新奇的装饰，和空虚的画材，而使你的作品充分表现真实的描写。

以上这三点，都是父亲所有，你所有，而我所无的。这不是父亲的遗传，厚于你而薄于我；也不是父亲的教育，勤于你而忽于我。这也和抽烟一样，是我自发的对于父亲的性情和行为的反动。我还记得父亲去世以后有许多人叹息：

"一生救人的急难而没有人救他的急难！"

当然一半也只能怪病势加重的迅速，和医治方法的晚出；那时血清注射还没有，人们对于喉症有什么方法呢？但是我却从那时就起始，对于"救人的急难"没有多大兴趣了。

把伟大丢开以后，跟着丢开的便是精细和认真。十五岁没有了父亲，叫我觉得狰狞可怕的是人们的真面目，而和蔼可亲的只是敷衍那些在父亲保护之下的孩儿们的假面具。我不想伟大，因为我觉得我实在太藐小；同时我也不想精细与认真。因为我觉得我实在犯不上和那些狰狞可怕的真面目去精细与认真。幼时的印象给我太深了，所以无论如何我也不会和你一般很像父亲的了。

我从父亲的性习的正面去找，我的性习的反面去找，也许找到了你的思想艺术的一部分。但是偏有人说我们两弟兄的性习极相像，那才怪！

五月十五日，伏园

（选自《艺风月刊》第2卷6期，1934年6月1日出版）

第一个阳历元旦

民国元年的新年，我在绍兴初级师范学校。

阴历十一月十三日的午饭时分，我们的学校得到了消息，说"革命政府今日成立于南京，改用阳历，今日就是阳历的元旦"。

午饭以后，校长周豫材先生召集全校学生谈话，对于阴阳历的区别，及革命政府所以采取阳历的用意略有说明，末后宣布本日下午放假以表庆祝；教务长范爱农先生还补足一句道："诸位出去，可以逛逛大善寺，开元寺。"

大善寺和开元寺都在绍兴城里，每年元旦，两寺照例市场化了的，游人挨肩擦背，拥挤异常。除了买卖食品和玩具以外，寺的本身可以玩的，在大善寺有大善塔，在开元寺有罗汉堂。你进罗汉堂的时候，如其是左脚先进去的，就从左边　二三四的数过去，右脚先进去时便从右边数过去。罗汉堂里有五百尊罗汉，你只要从左边或右边数到你新年岁数的一尊，例如你新年十八岁便数到第十八尊，你站住看看那尊罗汉是个甚么样子，你便对于你今年的运命的穷通得了一点启示。

大善塔是萧梁天监年间旧物，曾遭火灾，破烂不堪。塔顶上长了大树，群鸟早出晚入，噪声一片。大善寺本在闹市中心，元旦日的大善寺又是市场化了的，所以就在塔下也是游人如织。例如有卖糖的，唱戏说故事，引动多少小孩子，发问：

"你们说这大善塔是从下造上去的呢，还是从上造下来的呢？还是怎样造的呢？"

"从下造上去的。"大部分小孩子这样回答。

"不是！"

"那么从上造下来的！"少数调皮的孩子回答。

"也不是！"

"你说怎样造的呢？你说！"大家都气愤愤的。

"先在地上造好了横放着，然后整条竖起来的！"

"哈哈！哈哈哈哈！"小孩们觉得实在调皮不过他。

元旦的大善寺和开元寺是这样的状况。但是在民国元年阳历的元旦，难道也会有这种状况吗？我们在学校里面，午饭时候才得着消息，一般民众难道也同时得着消息，一得着消息就会到那两个寺里去买卖食物玩具并游逛的吗？我心中这样怀疑，但少年脚步不值钱，说话间就同二三同学到两寺走了一转失望着回来了。

"天下那来这样容易事！到明年的元旦，那时全国已实行了一年的阳历，开元寺大善寺一定也改在阳历元旦热闹了！"我那时自己觉得是老大哥，比谁也懂得人情世故，老实不客气的预约了一年之期，同时以为这种失望是完全无益的。范教务长何尝不知道，不过他也和大善塔下的卖饧者一样，和我们小孩子调一下子皮罢了。

转瞬第二十五个元旦又到了。那时自以为老大哥的，用二十五年的经验证明起来，无非是一个真正的小孩子！同时事实告诉我，大善寺和开元寺，二十五年如一日，丝毫不会错误的，依然在阴历元旦热闹。真正小孩子的头发已经花白了，个人的从少到老，由社会的立场看来，真不过是一瞬！也许再过一个二十五年，两个二十五年，小孩子已经由衰老而化为尘土了，大善寺和开元寺依然在阴历元旦热闹。

（选自《宇宙风》第8期，1936年1月1日出版）

辛亥革命时代的青年服饰

新世纪的曙光照临中国，也和它首先照临欧美一样，把前时代青年服饰上五光十色的刺绣、织锦、镂花等等一扫而尽；代替的不是灰，便是白，或是黑，总之是人们都把他手边的一具分光镜收起，心甘情愿的暂时做一下色盲了。

辛亥革命以前十年，我自己十岁上下，也就是庚子拳乱前后，我清清楚楚的记得，那时的青年是包裹在何等五光十色的锦绣之中：杏黄湖绉的长袍、天青宁绸的马褂、雪青杭纺的汗巾、葵绿或枣红挖花三套云头的粉底鞋，再加上甚么套裤、扎脚带、摺纸扇、眼镜袋、瓜皮小帽缀上宝石——用现在的眼光来看，真不知道他要干么！自然这些色彩和材料，是我随口说的，但我相信这是个一般的例，并不是个极端的例。男青年如此，女青年更甚。

庚子以后渐渐的不同了。庚子到辛亥这十来年，中国青年们的服饰，一天一天的由红绿变成黑白。先从头上看：搽油的渐渐少了；发梢附着大帚各色或黑色丝线的也少了，只代以一条短短的黑色丝绳，那时叫作"混八股"；头发有的渐渐的往里剃去，把长头发只留圆圆的一小块，作今日德俄式光头的准备；有的蓄着极长极厚的刘海发，把平常应剃的一部分完全盖起，往往整年的不剃发，作今日英法式分头的准备；时髦的，或在日本的学校上学的，大抵把长发也剪了，剪了以后便谈不到甚么头发上的装饰了。

其次是全身的服饰。先讨论质料，从前或绸或绉或缎，这时完全不用了。最普通的是蓝竹布长袍、黑呢马褂，斜纹布直脚裤、白线织袜、黑羽缎面单红皮底鞋。这些材料全是外国货，那时青年的爱国思想并不表现在提倡国货上。当前的问题是如何推翻异民族的统治权，辛亥革命以后的五族共和学说还没有萌芽。一切外国的东西都是好东西，这一类思想正在这时开头；所以全身服饰尽是外国货，在青年们也丝毫不觉得可羞。

回想起那一身服装来，有几点是立刻会想到的。

那时的长袍一面承前辈的余绪，一面仿西洋的外衣，大抵长度过膝半尺，既简便，亦美观。今日我国忽有若干纨袴公子，既耻效西洋男子的立领便服和翻领便服，却偏爱西洋女子的垂地长袍，影响唯恐不速，对于三十年前的前辈青年实在应该愧死。冯玉祥先生近有长袍应截去一尺之提议，我对于这些堕落青年所提倡的垂地长袍且有甚深的恶感。此其一。

那时青年对于小褂和裤子问题，并有多少考虑，裤子由绑脚改为直脚，小半模仿西洋，大半取其省事。这个问题至今没有解决。今日衣服铺里有大批的西式小褂（衬衣）发卖，青年取其价廉，大抵服用，但与旧日习惯大不相同，于是产生了所谓"西衣中服法"——把衬衣拖在裤子外面！衬衣虽廉，袖扣必须买舶来品，太不值得。而直脚裤毕竟在西洋也有许多人讨厌，骑马乘车，均特有设备，我们实在没有模仿的必要。我以为至少长袍之内，绝对须服中式衬衣，裤子也必须绑脚，我们今日应比那时青年更简便澈底些。此其二。

那时我们有双重国难：国在他人手中而又遭难，好像家宅被强人占据而火灾忽起，主人却站在街上着急。那时主人的一身服饰则如上面所举。现在强人虽去，火灾更甚，那么主人为便于救火起见，应该有甚么样的服饰最合式呢？有志的青年实在值得考虑一下。这便是我最后一点感想了。

（选自《越风半月刊》第1卷20期，1936年10月10日出版）

吃粽子

——呈疑古玄同先生

疑古玄同先生在《新青年》上著论，以为凡四十岁以上的人都可以枪毙的了，那时胡适之先生同他订约，说"到你四十岁生日，我将赠你一首新诗，题曰手枪"。这件事，在爱讲故事的人看来，可以借端引出另一件故事。

革命未成以先，蔡孑民先生有一位老朋友薛朗轩先生，他和蔡先生打赌："革命是一定不会成功的；如果成功，我情愿输给你一个头。"民国初元，蔡先生辞官回籍，薛先生战战兢兢的同他谈了几句天，出去便告人说："真险呀！蔡先生说'旧事我们不必重提了'，这明明是向我索头的意思！"

胡先生的《手枪》诗未必能打死钱先生。但是钱先生到四十岁而竟不自枪毙，显与他前数年的主张矛盾了。胡先生乃用"以子之枪，贺子之生"的办法，只要钱先生不像薛先生一样，把赠诗认为"这明明是向我索命的意思"，那么这个办法倒是有些幽默的。

上面我说了这许多"钱先生"，论理应该向疑古玄同先生道歉，因为他早在《废话的废话》里宣告，他已经不姓钱了。我们也可以说，钱先生虽尚未到不惑之年，却已自己执行了枪毙，现在世界上只有一个呱呱堕地的疑古玄同先生，而没有常被人误认为姓田的钱玄同先生了。——虽然疑古先生也说，如果有些"吃方肉"的先生们硬要派他姓钱，他也自然没法；所以他说"疑古玄同"是学问的，艺术的，趣味的，而"钱玄同"是"方肉的"。

随着疑古玄同先生的呱呱堕地而来，仿佛怡红公子之有通灵玉似的，疑古先生有他的一项新主张，就是"端午吃月饼，中秋吃粽子"。自然，他有新主张只要主张着好了，断不会自定这样的标语的。我应该附带声明：也和胡先生赠他手枪诗一样，这标语是沈尹默先生给他的赠品。

疑古先生有许多主张为新少年们所不易了解的，例如对于阴阳历的问题和对于满清与民国的问题。新少年们是这样想：阳历，不成问题，是民国的正朔，阴历却渐渐就要被忘却了；民国，自然刻刻有危险，但那是外来的暴力，内部的复辟之类大抵是不会发生的了，即使发生也是顷刻之间可以平定的了。而疑古先生是亲见旧思想之狷獗和新民国之缔造的人，所以阳历元旦一定要贺年，对于遗老一定要称民国为我朝，这种行动固然可给旧人物以许多不快，而在新少年看了却反要惊异的。同样，他在公园里散步，如果一看而知大体都是现代人，那便照常的散步就是了，如果忽然来一个湾（弯）腰曲背的，而又自以为有维持纲常名教的责任的老年人，那他非立刻挺胸突肚，开正步走，以表示其为新民国的少年不可。他如果真是新民国的少年，对于这种旧事物、旧思想、旧制度，一定都忽略过了，而疑古先生却比什么人都看得清楚，一方面可以见他究竟还是旧时代末梢的人物，一方面也可以见他更是新时代缔造的急先锋了。

疑古先生所致力的学问是再专门不过的，与人生日用可以说是绝少关系，但在这学问中也要表示他那极端的思想。他在最近的将来，大抵要发表他研究龟甲与钟鼎的结果了，但他已经说过，那本书用白话做是不消说，但一定是排印的，洋纸的，横行的，毛边的，而且由他那新近所主张的杂糅的文体——就是文言也要，白话也要，外国文也要，典丽的字眼也要，秽亵的字眼也要，总而言之是他所谓"粤若稽古王八蛋，奉天承运放狗屁"的文体的。还有，他的藏书中，如有宋元明板书，或清朝精印的善本书，一定打上一个橡皮图章，刻着俗不可耐的"玄同"两个字，而考古学家马叔平教授所刻的图章一定打在洋装的新书上；对于后者，他说，好图章应该打在好书上，对于前者，他却说，用现代人通用的橡皮图章打在古书上是表示他看得起古书的意思。

他时时刻刻防备旧势力的发展，时时刻刻担心新势力之薄弱，所以他的目标几乎完全是对付旧势力的，最先的一步功夫就是把旧训成俗所早经安排妥当了的东西压根儿捣乱，这就完成了沈先生送他的标语"端午吃月饼，中秋吃粽子"。

今天是疑古先生吃粽子的日子，他本来预定在本刊上有一篇文章的，题目是《吃粽子》；不幸他忽然手痛，不能执笔，这个好题目便留给了我，但我拿了好题目却做不出好文章，所以只能"以夫子之粽子还献夫子"。

（选自《京报副刊》第287号，1925年10月2日出版）

重　阳

今日何日？不是旧历的重阳节么？

朋友，你一看完这句话，你便知道伏园是个什么样的人了。中华民国行了阳历十四年，还有提笔不忘旧历的记者，这不是怪事？朋友且别怪，伏园原是这一路的人。

去年旧历八月十五，他曾代二〇二四年的后生小子立言，对于一百年前的某先哲有了小小的不敬。甲先哲是称中华民国为"我朝"的，乙先哲是在革命未成以前自署"悠悠我思"的，他们在民三民四复古潮流正盛的时候，约定在阳历元旦大散其贺年帖子，而于旧历新年默然不准一提"新禧"等等字样，"像煞没有介事"！

所谓复古潮流，至今还留着许多痕迹。近数年来的中国衣服款式，不是时行宽博么？时髦的少年，暑天不是手执长柄的摺扇么？头上戴着的，不是常见有一顶缎纱小帽么？帽顶上不是还有一颗红线的结子么？脚上登着的，不是有一种双梁布底的缎面鞋子么？凡是这样打扮着的人，不是见人决不肯脱帽，也决不肯鞠躬，却非拱手不可的么？名片不是一定要用红纸单片的么？书铺子里不是滥印旧籍，不顾他的内容，专务他的不是时行的装束，以迎合这班人的心理么？开口不是总要讲几句孙文黄兴的坏话，说中国革命的成功只是幸获的，他们无非是些捣乱鬼，一见袁世凯便骇的魂不附体的么？不是自己刚过了二旬大庆，便要大骂四五十岁的老青年为"少不更事"的么？腰不肯即弯，背不肯即屈，少年不是每引为奇耻大辱，非一时三刻弯之屈之便不快于心的么？不是称阴历一定要写"夏正"，而不肯用旧历废历阴历等字样，以别于阳历之为"夷正"么？——诸如此类，有的是，有的是！现在社会上真的还留着许多痕迹，我们要去找寻，决不像古生物学家找寻古生物化石的那样困难。

这是万不可以磨灭的，对于上述这些人的医治与拯救，甲先哲与乙先哲一定无形中尽了不少的力。不消说，对于教出这些人来的父兄师长们，打击自然更大了。

但是二十一世纪的后生小子们到底对于两公有了小小的不敬。他们以为这种举动只有当时而没有永久价值的。一种旧习惯的废除，除了它的本身自有废除的理由以外，还夹着当代革新派人们憎恨旧习惯的感情作用。一到事过情迁以后，旧习惯依然赢得旧习惯的自身价值，复活的希望是再也没有的了，那时回过头去看看，在爱好古旧东西的赏玩与研究的人们，自有他的无穷趣味，一般人一时不易领会的。例如鸦片，在通行的时候真是可恨极了，即使私藏一分一厘也该处罚；但是一旦禁烟事业完成，人们了解吸食鸦片的毒害以后，鸦片的本身是药材这一点价值也渐渐恢复，不像通行吸食时的可恨了。又如皇帝，在专制政体之下是何等可恨的东西，不但现在，恐怕世界上还有皇帝一天，这种憎恨也便赓续一天。但是一旦世界上的皇帝除灭完了的时候，这件玩艺儿放在童话里是何等重要，何等有味的东西呵！

二〇二四年的后生小子的意见是如是。但是伏园不想抵赖，他一方代二〇二四年的后生小子立言，一方他的意见也以为即在今日，对于这种旧时令节，已大可不必"像煞没有介事"了。

重阳我们应该喝酒。平日一点没有事，却大碗喝酒，大声猜拳者，应该受禁酒条例的处罚。禁酒条例，节日不但理应废除，并且还应增加奖励节日饮酒的附则。下酒品我们不妨用螃蟹。螃蟹是极美的物品，也是极危险的物品。报上不是常常登载着因食蟹而害病乃至送命的新闻么？这个理由是容易明白的：第一，螃蟹的身体太屈折，小动物容易寄生，我们大动物因而不容易洗刷。第二，它的构造太不类，人们只喜欢用嘴去吃它，不愿意用心去想它。它的背甲里面，有着一块"六角板"，鲁迅先生在《论雷锋塔之倒掉》文中所谓法海和尚的住所。这是蟹的内脏，一不小心把它嚼破了，法海和尚便会把你当作白蛇女士的使者，给你种种危险与不安。底下还有一扇腹甲。当买蟹的时候，蟹商每欲生生的揭开腹甲，大声说："您瞧！红不红？"这时候可怜的被"验红"者，十脚同时使劲爬动，叫人看着很是肉麻，情愿立刻答应："的确新鲜得很！"在这个腹甲的当中，有一条黑色的污物，也是我们的注意力应当常到的处所。此外便是两个大螯，这是古来多少诗人画家的好材料，但也确有极美的滋味。因为是美味，所以用绒毛严密的保护着，不知径路的人们便吃了它的苦。绒毛最是藏垢纳污的处所，如不仔细的洗刷干净，这里比背甲腹甲更容易叫人害病。因为它的身体较为复杂，所以非略有知识的人不好着手。而北京的所谓上流阶级，大抵是懒惰成性，连打电话也要先嘱听差叫来了然后去接，无论从什么地方初到北京的人看着都诧异，谁肯亲自出来做这类琐屑的事呢？所以我要说到的三个理由，是不肯自己动手。因为不肯自己动手而害病，而送命，都是该的。要知既美又有刺的玫瑰花应该小心的摘，既美又有危险性的螃蟹应该小心的吃的呵。

重阳我们应该登高。人们太喜欢城市了，大半自然因为人与人的关系，一切事都得到城市中去办。但过令节，尤其像重阳节有登高之遗风的，我们决不可以放过。陶然亭太不值得一登了，这应该让给身体衰弱的臭名士，他们的能力早已不配登什么高了，他们的脑筋中也早已没有什么风雅了，他们不过逢到这个日子吃一顿照例的酒肉，做几韵照例的没有灵魂又没有词藻的旧诗。中华民族的新生子，应该另找登高的处所，不把他们的"登低"放在眼里。

重阳我们还应该赏菊。赏菊本来只要有钱，有兴味，人人都可以买几盆去赏。北京的花匠手艺较好，因为结枝的关系，往往一枝上可以开各色的大花几十朵。北京人的特别人生观是一个"暂"字，今天不能算定明天是不是还在北京，所以花草也可以与家具一样，整套儿向花房租赁。但这种赏菊并不是我所谓的重阳的赏菊。重阳是大家的，所以菊花应该放在大家看得见的地方，北海公园，中央公园，京兆公园，城南公园，都应该有菊花会。会中陈列的菊花，都得经艺术家的指导，排成美而整洁的式样。啊，我记起从前总统府的菊花来了。大概是因为总统府罢，所以花匠格外拿出好手段，扎成种种不同的花样，尤其是居仁堂一带。

（选自《京报副刊》第309号，1925年10月26日出版）

《考古与吊阴》按语

我借龙云先生的来稿而知南方土匪有所谓吊阳吊阴种种手段，实在感谢。但是我们最应感谢的还不在此。因龙云先生的意见而令我想起这种意见实际代表全国的大多数人，使我有附带说话的机会与必要，那是我最应该感谢龙先生的了。中国的坟墓，历来就是禁止发掘的，历来也就是自由发掘的，不过这个自由权专给与帝王与强盗两种阶级。帝王是泄愤，强盗是盗宝，其为掘坟是一样的，其为无与于考古也是一样的。考古的掘坟是近世科学发达以后的事。我是新闻记者，自然照例什么也不知道，什么也似乎有些知道，对于这种专门的学问我并不想多说话。不过我敢担保，考古的掘坟与吊阴是完全不相干的。我们现在所应该赶紧提倡的，考古的掘坟就是极重要的一件。我们生而为中国人，对于中国古代的饮食、起居、衣服，以及一切风俗习惯，简直谁也没有一个明确的观念。不必古代，只要一谈到明朝的衣服，问题便百出了。我前年在曲阜的衍圣公府里，看见明朝衍圣公的衣服，据导者云是清朝定鼎以后服制既改当时衍圣公便把日常所用的衣服完全保藏起来的。颜色真是鲜艳极了，万不防三百年来竟不会褪色。但是式样，却与现在我们在旧戏中所见平常人以为是明朝旧服者不同，与我家中所藏祖先遗像之衣明朝朝服者也不同，而与我们平常在明朝陵墓前所见的翁仲的衣服也不同。这并不是那一样真那一样伪，其实是缺乏系统的研究，其中有官阶、年代等等不同而异其颜色与式样。从此小事，可以推知我们如果要编一部有系统的中国服装史，材料的缺乏实在是一个极大的问题。这除了发掘以外没有别法。中国并不是没有人发掘，发掘来也并不是完全毁弃了。洛阳山陕一带，几乎常年驻有北京各大古董铺的特派员，一旦有什么东西出土，各古董铺的特派员便个个突出了眼睛，伸手抓得一部分他能力所及的古董到京报帐，然后那洋鬼子呀，中国鬼子呀，便七手八脚的争相购买。说句真心话，倒是洋鬼子买去，或者在文化上有一点补益，可怜他把辛辛苦苦购得的东西，或者自己研究，发为文章，或者捐给博物馆，给别人赏玩。在他们那种平安的社会里，这种东西大抵是百不失一的。但在中国鬼子购去的一部分呢，红脸下台而红脸的子女玉帛古玩字画全被黑脸蹂躏践踏，黑脸下台而黑脸的子女玉帛古玩字画全被红脸蹂躏践踏。在这种兵匪遍地的中国内部，一碗苦饭尚且吃不安稳，谁还有保存古物的心思。所以古物出土，被中国人自己购得的一部分，总算是完全毁了，即不全毁也迟早总要全毁的。而我们若一追问，这种东西怎么会出土的？那么谁也可以答复，这是乡人耕地无意发见的。其实天下那有这许多无意的事，还不是就地痞棍串同兵匪，先行规定了分赃的办法然后干出来的么？最可痛心的是，他们有什么见识，他们有什么方法，他们有什么良心！他们一见到东西便乱抓一阵，不管那是有关风俗，那是有关文化，只知道那是可以销洋庄，那是可以销本庄。

这样的发掘（就是龙云先生所谓吊阴）如果不从速防止，而代以考古的发掘，那么，发掘到底还是要发掘的，不过将来左右不是中国人自己而是懂得科学方法的洋人罢了。这种考古的发掘如果提倡起来，恐怕对于无论什么学问都有裨益的。例如琉璃厂古董铺里放着的泥人儿，你看那使女的模样，有一部分陕西出土的，脸儿都是胖胖的。有许多研究的人，便以为那是合于唐朝有一时代的女性美的标准。你知道杨贵妃是胖的，但不知道先有以胖为美的时尚而后杨贵妃成为美人呢，还是杨贵妃为美人然后凡胖似杨贵妃者都为美人呢。这样小小的一点，便可供研究女性美者以资料。其余饮食起居衣服的制度不必说了。总而言之，二十四史是一部地面上的历史，还有一部比它更重要，更精确，更复杂的二十四史在地下呢。对于书籍的真伪，文字的考订，学说的厘定，不知还要有多少防不胜防的供献。现在我们第一要求中国赶紧平安，不要起内争；第二要求中国人赶紧去掉考古的掘坟就等于吊阴的陈旧思想；第三要求大家都有研究学问的兴趣。那么不过迟早些，我所说的地下二十四史，总有一天全部实现，取地上二十四史而代之的。那时我们也可以请世界考古家来共同研究，也可以说我们发掘出来的东西便属于全世界的所有，不必见某国某国的发掘队之东来而愤愤了，但在此刻却非实行提倡国人自己出来发掘不可。

十一月十六日

（选自《京报副刊》第331号，1925年11月17日出版，题目为新加）

金未伯集序

　　陈大令气喘吁吁的回家，走进自己的书房，拉开平日坐着习字写信的那一把藤椅，故意远离一点他的书案似的，拿起一只水烟袋来便坐下了。他平常不大喜欢吸烟卷，觉得这东西最易叫人"上火"；友朋间用这东西敬客，他自然不好意思拒绝，至于居家，尤其是心中有事的时候，则以为吸水烟最相宜。他一边括火柴，燃纸煤，吸着水烟；一边双眼有意无意的瞪着墙上的一副对联："书到用时方恨少，事非经过不知难。"

　　"这种事情确没有经过，可是难也真难。"他心里想。

　　陈大令在清朝末年曾以"能员"受上峰知遇，所以至今无论当面或背后，仍常有人叫他陈大令，不大提起他的名号。只是辛亥"鼎革"以后二十余年来，虽然间或得到一点差事，赋闲的时候总是很多，心中怀着满腔的不得意。这回应二爷让他办理刊行《金未伯集》的事，在他本来当作一件平常差事干的，既不图名，也不为利，至多办理完成以后，应二爷感激之余，说不定给他介绍一件名利双收的差事。

　　这应二爷是金未伯的老友，富有资财，也有社会地位，常想着做一件名山之业。他自己既没有甚么著作可以行世，那么替已故老友金未伯先生刻一部集子，在他确是再相宜也没有的了。只是陈大令却连金未伯三个字也不大熟悉，金未伯到底有多少文字可以收进集子里他更茫然。转了几个弯子，才找到金未伯的另一老友黄教授，他不但知道金未伯先生生前曾于何年何月发表何种著作，现在何处可以找到，就连未曾发表的，原稿现存何处，他也大概知道。他是一位博通今古的学者，生平无嗜好，学问便是他的嗜好。他连家庭生活也几乎没有，除了子女的教育和职业，大体上有所主张以外，他自己便寄居在一个学术机关里，过他的学术生活，很难得回到家里去，和黄夫人见一回面。

陈大令万幸找到了这位黄教授，才算打破了第一个难关。

《金未伯集》的式样这才决定了。章太炎先生的《章氏丛书》和《续编》是木刻的，王静庵先生的《王忠悫公遗书》是排印兼石印的，黄教授决定《金未伯集》用后一种式样。至于材料，有的宜购买，有的可索取，有的必须借钞，也都由黄教授指点陈大令一一办理了。有的连借钞也困难的，碰巧黄教授爱藏孤本书，居然在黄教授的书架上找到。

金未伯先生的生活是相当复杂的；他不是单纯的学者，有时是思想家、政治家、革命家；有时是学者、政客、文人的混合体。这种因情感而常变的生活，甲时期和乙时期矛盾，乙时期又和丙时期冲突，在本人生前也许引起许多不谅解的批评，在文集上遗留给后人的却只是富丽和斑驳，足以增加学人的爱好。黄教授对《金未伯集》和对亡友金未伯先生个人，这种旁采博访唯恐失漏的方法是妥当的，而在浅见的亲属和偏狭的门徒却有了所谓"先生的晚节问题"：于是某篇宜删，某篇可改，某篇没有存留的必要，议论蜂起了。

陈大令奔走各方，说到唇焦舌敝，才算打破了第二难关。

《金未伯集》大致就绪，题签当然应二爷是推不掉的，序文黄教授应当有一篇，还有一篇依黄教授的意思最好是请周先生作。周先生是当今元老，学界重镇，许多书籍都以求得周公一序为荣。而在《金未伯集》尤为适当，因为金先生的老友多已作古，仅存的若干位每以金先生生活的变动而影响到友谊，只有周先生当初和金先生同为革命党，金先生去世以前尚和周先生共事，所以周先生为之料理身后，是唯一谅解金先生的人。黄教授函请作序以后，周先生也覆函答应了。于是陈大令把这一切报告应二爷。应二爷听了不消说是欣然色喜。

这是半月以前的事。不料半月来问题又严重化了。这便是陈大令今天吸着水烟，默对"事非经过不知难"出神的原因。

陈大令今天先晤见应二爷。应二爷对他说最近晋京去来。京中友人闻《金未伯集》将次刊成，自然欣慰。只有一位魏博生，却于欣慰之余，对周先生作序表示不满。应二爷热心作名山之业，本来希望面面俱到，不料最近魏先生因向周先生有所求而未遂，不免怨望，万一《金未伯集》出世竟得罪了魏先生，在应二爷岂非很觉不值。陈大令得到消息以后，即刻去和黄教授商量，黄教授态度十分坚决，以为如果周先生的序文被拒，那么他自己的一篇序文也只好抽去，同时两篇序文必将在他处发表，并说明所以被拒的原因。于是陈大令使尽前清能员应付事情的一切本领，先求黄教授，再求应二爷，向双方说定：周先生序文如果寄到，一准照刊；万一不寄到，暂不用函电催促。陈大令这才回到家中吸水烟。

　　陈太太知道丈夫心中有事，不敢到书房来和他攀谈，只是偷偷的看着他一个一个的换纸煤。她对小孩们摆手，叫他们不要做声，她知道陈大令心中有事的时候是常常会迁怒的。正在这万籁俱寂的当儿，陈太太忽然听见外面门环子响，有人问："陈先生在家吗？"陈太太出去一看，是常替黄教授送信来的校役，便答应他"在家"。校役招呼一下陈太太以后说："黄先生要回片，因为里面是要紧公事。"陈太太这才敢到书房里将黄教授的来信交给陈大令，陈大令一边取一张名片给太太，一边拆看来信，谁知原来就是周先生的《金未伯集序》，黄教授只在边上用红墨水写一行字道："周先生序文已到，请照原议付刊。"

　　陈大令叹一口气，心想大概不会再有第四个难关了罢。

（选自《孙伏园散文选集》，百花文艺出版社1991年版）

博野行

定县是一片平原，境内连土堆般的小山也没有，就有也只是几个小山般的土堆。河流大小虽有几条，毛病却在太浅。所以山不高，水不深，恰好造成了一片平原的两大特征。

在这一片平原的上面，罩着半圆米色的云天。秋叶还没有落尽，柳树梢头缀着一撮一撮嫩黄的枯叶。如果心头没有刚过三个月的炎暑做着背景，一个人从半空中掉下来，对着这些嫩黄的柳叶，谁敢断定而今准是初冬不是初春！昔人咏残月诗有云："荣落何相似，初终却一般。"因为残月是很像新月的。其实残月和新月还容易分辨，借这两句诗来形容柳树的新叶和枯叶是再适切也没有了。

但从半圆米色的云天里，竟飞下一阵阵的粉片来。这初雪真是叫人认识初冬的旁证，叫人不为荣落相似初终一般的柳叶所迷惑的警告，叫人即刻回忆三月以前的炎暑而对于初冬存着一腔渴望的征兆。而领略这旁证，接受这警告，观察这征兆的，就是从定县出发，车马结成一小队，缓缓在田间行进，向博野县作八十里小旅行的我们。

我们这一小队的基本队员一共是五个人，连着赶车的和管马的却是十个人。十个人当中，只有我和菊农是南方籍，我们俩恰好同坐一辆轿车。

"你怕晕不怕？我想坐外面！"我在上车的时候先和菊农这样商量着。我是受过轿车的教训的。

"你以为坐里面会晕吗？那么我坐里面好了，你跨辕儿。"十岁上下到北方的他和二十岁上下到北方的我，在这里便明明的显着不同了。

我们一路鉴赏风景，讨论人事，批评上下古今。我跨着辕儿，虽然口舌和在家里一般活跃，身体的其他部分是能不动便不动的；而我们的哲学家在车里面，却甚么也能操作，只差没带一副笔砚来伏案著书。一会儿拿出烟匣儿来了，我们一人各取一枝；一会儿打开水果筐来，取出平果细细的去皮了，我们一人又各得半枚。我深恐他的头碰着车壁，他的刀削着手指，而他则行所无事，膝上还摊着一本《雍正剑侠图》一目十行的看去。人人知道瞿菊农是以一个少壮哲学家投身平民教育运动，他于哲学书无所不窥，他于平民教育有甚多贡献，但是除了极熟的朋友，谁也不知道他有爱看武侠小说的癖好，他的床头小书架上尽是一元美金一本的侦探小说。就在旅行的时候，他也忘不了《雍正侠剑图》一类书籍。

一个是自然，一个是拘束；一个是活泼，一个是僵弱；除了北方化的浅深以外，一个是懂得生活的人，一个却不了解甚么叫及时行乐：这便是我们的一组两个人的写照。此外的三个人，霍六丁是一位孔武有胆的县长，正如我们放着马不骑却老坐在车中一样，他总是老骑在马上却让车空着。他的名言是："一个人总是要骑马的，那有放着马不练的道理！"这话说得我们不能不技痒了。菊农的坐车技术固然高出我万倍，论到马术我们俩却是伯仲之间：我们的办法是让空车慢慢的在马前走，替我们关着大门，以为我们的马决不会舍了车路往两边跑的。但是不知甚么时候进来的，大概我们太不留心罢，我们这位热心提携后进（当然是马术上的后进，若论年龄，他比我们年青得多）的县长，竟在我们的车马之间发现了。他的第一步工作是把我们的车偷偷的轰开，就是说把我们的大门打开了；因为有他的马在前面，一方面又因为我们骑在马上也许有些战战兢兢，竟没有注意到这件门户开放政策之实施。于是他的第二步工作紧接着来了：不堤防的在他自己的马后一鞭，即刻把马头拉向车路以外；这时我们才觉悟，不但霍六丁取得了我们的领导权，霍六丁的马也取得了我们的马的领导权；于是霍六丁的意志直接影响于他的马，间接影响于我们的马，更间接影响于我们；欲罢不能四个字的意义这时候我们才澈底明白了。小时学秋千，后来学游泳，都曾有过这种经验；被名师点授确有特别痛快之处，何况六丁不仅是名师而且是导生：他自己以身作则，常常勇猛得滚下马来，眼镜掉了即刻检起，一身灰土并不就掸，说得迟那时快，一跃身就上了马，狠狠的策上几鞭，如飞一般的又前进了。

河南百泉乡村师范李校长崇武是六丁的好友，碰巧他到定县来参观，我们邀他同上博野。还有一位是平教会首批下乡的老同志李景汉。景汉是幽默家，人家找到他的时候他是幽默，人家不找到他的时候他只是默。他的马术在水平线上，他的乘车更是如在平地；我们一上了路，第一个不见了的便是他；他甚么也不求人，同时还有他那社会调查的性习，何必挤在大队里头有说有笑，反把他的工作耽误了？这个"默"字不但解作不听见他的话，而且解作不看见他的人！崇武更武了，初冬季节他患着重伤风，身上有热度，但是年龄他最少，名实都推他最武。我们至多不过骑马乘车兼有而已，他于骑马乘车之后，还要贾余勇，穿着皮袍走道，替车夫鞭骡子，徒步十余里，出大汗一身，以疗重伤风。

　　一直到了大辛庄，我们五个人才相聚。大辛庄在定县往博野的中途。从定县城内到博野的北杨村，中经十四个村落：大涨村、小深河、西建阳、东建阳、北齐、北旺、大辛庄、小东庄，八村属定县；王稳、建安，两村属望都；西佛落、东佛落、西伯章、东伯章，四村属安国。大辛庄在定县的边境，旁边的小东庄是小极的了；因为是中途，所以最适宜于打尖。再往前行，只有西伯章是比大辛庄还要富庶多多的村落，那儿离北杨村已近，没有打尖的必要了。在打尖的时候，六丁做了许多工作，他和村人相处如一家人，他能了解的苦乐，村人也能对他陈述自己的苦乐。我则在旁赏鉴这县长，这百姓，替他们照了好些相。等到经过西伯章的时候，我们一心希望早到北杨村，虽然市上挂着"满汉茶食，八宝糟糕"的金字招牌，房屋建造的乔皇富丽也不是久处定县的我们所能想像，总引不起我们二次打尖的兴味了。

　　北杨村的四存中学是我们的目的地，我们在那里过了两宿。张校长桐轩是一位现代化的颜习斋先生，我们钦慕多年，一见便同老友。他的新教育方案在四存中学试行已到第二年的中途，成绩显然是超卓的。他把整日二十四小时均分为三节，八小时堂内教育，八小时堂外教育，八小时睡眠，所谓三八制。堂内教育的特点在将"教学合而为一，讲习同时并进"，每一课程需时八十分，此外别无自修，这就是所谓段制。堂外教育连种地、磨面、买菜、烧饭、守夜、受军事训练等等都在内，总之除堂内教育及睡眠以外，凡生活所必需的一切，无不规定程序由学生动手操作，学校以内无一工人。我们从外面来的，宛如住在一个大家庭里，也如住在一个大营盘里。张校长陪我们谈天到夜间十时以后了，忽然听见守卫在窗外警告，问我们为何还不熄灯。张校长代我们要求延长十分钟，并对我们说，这不是特别优待我们，而是校中的通例，教员因改文课，也有要求延长到二十分的。午夜二时我们又起来参观守卫，见学生在房顶上的霜风凛冽中向校长致敬；未睡以前我们往教员室作普通拜访，中途也被学生叫住问口令；和第二天张校长请我们在操场对全校学生讲演时的整齐严肃的情况；这许多印象直到归途中我们大家还深深的留着，我想就到了十年以后也是不会磨灭的。

二十二年旧稿，二十五年续成

（选自《潇湘涟漪》第2卷7期，1936年10月1日出版）

往　事

　　鲁迅先生常说：许多往事，知道的人渐渐少了，要是不赶紧写，实在是可惜的。但是他的生活，永远在思想的斗争中，似乎无暇记述这些往事，他的愿望并没有充分地达到。现在却轮到我们来记述鲁迅先生的往事了。

　　鲁迅先生常常谈到几位同乡的先烈在火车中让座的故事：那时国内还没有火车，而国人的礼貌却极周到；几位同乡的革命者，内有陈伯平先生，刚从中国东渡日本，鲁迅先生从东京到海口去接他们；上岸以后，换乘火车，同赴东京；诸先烈第一次与火车接触，以为火车内的规矩一定和房屋内一样，座位有尊卑大小之别，必须互相逊让；但是到底那些座位是尊是大，那些又是卑是小呢，还得从详研究；鲁迅先生已经提供了火车内不必让座的意见，但是先烈们那里肯依，仍然继续的研究和逊让；鲁迅先生正在心中忧虑着从事革命工作的人，连这一点社会的旧习惯都革不掉，将来如何担当国家大事；说时迟，那时快，火车一开，先烈们好几位都绊倒了。

　　这种故事，减少先烈们的神性，却增加他们的人性，同时也承认了不可磨灭的客观的历史性和时代性。我们现在对于鲁迅先生，记述他的生活，也该用这样的态度。

　　鲁迅先生的复仇观念最强烈，在日本时每于课余习些武艺，目的就在复仇。幼年被人蔑视与欺压，精神上铭刻着伤痕，发展而为复仇的观念。后来鲁迅先生回国，见仇人正患不名誉的重病，且已到了弥留；街谈巷议并传此人患病的部分已经脱落，有人在茅厕中发现。鲁迅先生只好苦笑，从此收拾起他那一把匕首。鲁迅先生常常从书架上拿下那把匕首来当裁纸刀用，刀壳是褐色木质的，壳外横封两道白色皮纸，像指环一般。据鲁迅先生解说，刀壳原为两片木头，只靠这两道皮纸的力量，才封成整个的刀壳。至于为甚么不用整片的木头，或用金属的钉子或圈子，使刀壳更为坚固呢？鲁迅先生说，因为希望它不坚固，所以只用两道皮纸；有时仇人相见，不及拔刀，只要带了刀壳刺去，刀壳自然分为两半飞开，任务就达成了。

　　鲁迅先生复仇的任务，虽只剩了一声苦笑，但关于匕首的解说，往往使他引动少年豪气，兴趣极为浓厚，如在微醺以后，更觉有声有色。我自己已经听过这故事的了，一天到先生书斋中去，看见桌上又放着匕首，许景宋先生等七八位青年在座。鲁迅先生说：这故事你是听过了的，我又在这儿对着青年自称英雄了。

　　民元以前鲁迅先生在绍兴中学校任学监。绍兴中学校那时还是"绍兴府学堂"。绍兴府共辖八县，各县籍的学生都有，各县籍的教职员也都有。绍兴的首县是山阴会稽。鲁迅先生是会稽人。因为同属首县，山阴会稽不分甚么畛域，两首县籍的人统称山会人。例如两县旅北平的会馆合在一处，曰山会邑馆，现称绍兴县馆。废府以后，山会两县合为绍兴县。但是两县和其他六县却常有畛域，在府学堂里，各县籍的教职员与各县籍的学生关系往往比较密切，鲁迅先生当初并不了然。他任学监，有奖惩学生之权。他的奖惩自然一凭客观的标准，但是他渐渐的发觉，凡开除某县学生的时候，必有某县教职员挤满了他的屋子；替被开除的学生向他求情。从此山会籍的学生犯了校规，他也要考虑一番，不但决不矫枉过直，偏偏严惩他们，而且鉴于各县教职员对于同乡学生的回护，他自己是山会籍人，山会籍的教职员又特别少，所以凡能从宽发落的他就尽量从宽发落，鲁迅先生待人处世，第一步总是厚重宽大，万一因为厚重宽大而上了当，别人对他太不厚重宽大时，他的还击的力量往往是很可观的。

上当以后的一个对策是还击，又一个对策是退却。绍兴府学堂的教职员们常常发起，星期日乘画舫到禹庙兰亭去游玩。鲁迅先生也就随喜他们。画舫的规模很宏大，有三舱、四舱、五舱的分别：每舱有明瓦，上有名人书画的遮阳。舱内有桌椅、有茶烟，也有厨房，鱼虾菜蔬沿途可以买到。人在画舫之内，宛如置身教室，如有不同，只是窗外的景物时时变换而已。在这种逸豫优渥的环境中，人们最易联想到的是不正当的娱乐。画舫里面本备有各种博具，只要乘客一开口，就可以拿出来玩耍。这群教职员当中，只有鲁迅先生没有辫子。消息传到城里，说画舫中还有一个和尚，社会间即刻想到府学堂的教职员们借游山水为名而在画舫中赌博。鲁迅先生上当之余，只有退却。从此他不再随喜他们乘画舫游山水了。

所谓"和尚"者，那时的装束与真正的"和尚"也不完全相似。许多留日回国的学生，为适应国内的环境，每每套上一支假辫子，那些没出息的，觉得这样还不够，必须隔两三天到理发馆为假辫子理头发，擦油，使人骤然看不出辫子的真假。鲁迅先生是一个革命者，当然决不肯套假辫子，头发也不常理，平时总是比现在一般所谓平头的更长约五分的乱簇簇的一团。胡子是已经留了的，身上有时穿西服，有时穿长袍。所谓长袍者，大抵是灰布的：冬天是灰布棉袍，春秋是灰布夹袍，初夏是灰布大褂，夏天是白色竹布或洋布大褂。裤子大抵是西服式的，皮鞋是东方式的，像现在军服中的皮鞋，黑色而无带，便于穿脱。此外，鲁迅先生常常拿一根手杖，就是《阿Q正传》中所谓哭丧棒。下雨天，仿照西人的方式用布伞，不用那时一般社会通用的油纸伞。皮鞋原可两用，雨天不再用那时一般社会通用的钉靴或钉鞋，也还没有现在一般社会通用的套鞋橡皮。"和尚"的装束大致如此。

　　我认识鲁迅先生已历三十年，总觉得三十年来，鲁迅先生的性情乃至像貌，都没有多少变更，面色也许略现苍白，那是因为少见日光，或多抽了烟卷，决不是因为年老。这个看法也和鲁迅先生及他的家人提过，他们都相当同意。有一天鲁迅先生出示当时的相片，到底相差二三十年，我才不敢绝对坚持我自己的看法。

（选自《鲁迅先生二三事》，作家书屋1944年版）

鲁迅先生的少年时代

——在先生逝世五周年纪念会讲

纪念鲁迅先生，我想，最好用学术演讲。今天有曹靖华先生讲《鲁迅与翻译》，郭沫若先生讲《鲁迅与王国维》，都是极有价值的演讲。中间夹着一节由我报告《鲁迅先生的少年时代》，我希望时间越短越好，将来鲁迅先生的传记材料日渐完备，传记作品日渐增加，在纪念会上我们可以不需要这一项节目了。

《鲁迅先生的少年时代》，筹备会交给我这个题目的时候，觉得自己也不大清楚；即有些须，也未经组织，所以报告时只能选择几件小事情谈一谈。

鲁迅先生幼年时的家景很清寒，这是在他的作品中有好几处提到的。至于所以清寒的原因，鲁迅先生自己和其他学人似乎尚少讲到。我从绍兴的老辈口述中，知道一些含混的材料；在鲁迅先生生前，因为他不大愿谈家事，我不好详细问他；而其他文字的记载，至今还没有见过。

鲁迅先生的祖父周福清先生，是当时的名进士，为翰林院编修，李莼客先生的《越缦堂日记》中常提到他。因为当时的苏州，有他许多文化界的朋友，他常常寓居苏州。据说某年的江苏乡试，主考官是周福清先生的同年。苏州的绅士某君，有一子一侄，都要在这一年赴考。他请托周福清先生向主考官说，周老先生似乎答应了，据说有他的一封亲笔信件，落在当时苏州府知府王可庄先生（仁堪）的手中。以后他老先生便遭受了一大连串的不幸：在苏州被捕，解送（北京）〔杭州〕，长期监禁，险遭杀戮，直至清室的慈禧太后七十"万寿"才被大赦，已经是他的暮年了。

周老先生在（北京）〔杭州〕受苦难的时候，他的绍兴家庭中所被波及的，就是出卖田产和房屋。（北京）〔杭州〕消息到：今年秋审，老太爷恐遭不测了，如能速汇银两，尚可在上下各处打点。于是绍兴家庭中的田产和房屋赶紧出卖一部份，赶紧往（北京）〔杭州〕汇款。这种事情大概每年必有一次。主持其事的是当时一位周府的少奶奶，绍兴东乡安桥头鲁府的小姐，也就是年享上寿至今还留在北平的周老太太，鲁迅先生的母亲。

鲁迅先生的父亲向未出仕，少年时就在家中卧病。鲁迅先生作品中谈到医药的问题很多，对于庸医也最痛恨，因为家庭正遭大不幸；同时还要受庸医的欺骗和剥削，"成对的蟋蟀"，"经霜的芦笋"，这类怪药名不知播弄了鲁迅先生多少次，从典质所得的少许金钱，千方百计的去求得这种决不能治病的怪药，换得的仍是鲁迅先生的父亲终于不救。鲁迅先生决定学医，与这个家庭情境亦有关系。

自然事情不是那么简单，只说鲁迅先生学医的原因，我们现在至少已有三说：由于父病是一说；由于寻求放足方法是又一说（见许寿裳先生所编先生年谱），据我所知道还有一说是由于牙痛。鲁迅先生十四五岁时患牙痛。告于家中长者，得到的答复是："不害羞，还亏你自己说得出来！"从此他便忍痛不说，默默的自己研究，这是一件甚么秘密。等到略见概梗，方知旧社会传统的"无知识"的可怕，而新医学之值得研究。这一说，鲁迅先生生前曾和我谈过。

自绍兴到南京求学，在作品中曾提到只带八元钱，及在南京入陆师学堂等。至于何以选择南京的地点，据我所知，是因为在南京很有几位周氏的前辈，周椒生先生那时任南洋水师学堂提调就是一例。尝听鲁迅先生谈及南洋水师学堂提调还自己担任经学教授，督责学生背诵《左传》。记得鲁迅先生有一位族叔，至今还任海军官长，便是那时水师学堂的学生。

在日本求学时代，我只提三位鲁迅先生当年的同学，和一些极不重要的小事情。

一位是蒋观云先生（智由）。他的年辈比鲁迅先生略长，过从颇多，常到鲁迅先生宿舍中发种种议论。一天观云先生说：人类可分长头种和圆头种两种，最近买到一顶西式帽子，戴着总不合式，觉得他们长头种的帽子，我们圆头种戴着是不会合式的。这一通议论发完以后，少年们非常着急，相与担忧，说："观云也许要回国做官去了，红缨帽是圆头种的帽子，戴着不是一定合式吗？"这可以见到当时少年革命队伍中防范的严密，一言一动都极留意。不过观云先生后来一直没有做官，他的议论扩而大之，至多也不过像今日所谓"中国本位文化"。民国以后，观云先生的哲嗣百器先生（尊簋）做了浙江的督军，观云先生年事渐高，更没有出任公务的意思，遂以诗酒终其身。

一位是许季茀先生（寿裳）。许先生的年辈与鲁迅先生相等，所学既相近，性情也相投，住处也在一起。《域外小说集》印成的时候，许先生帮忙最多。向章太炎先生学《说文》，聘俄国虚无党人习俄文，聘印度人学梵文，许先生似乎都在一起。许先生并代鲁迅先生将《域外小说集》运回上海，托某绸缎铺寄售，不幸某绸缎铺遭了火灾，多余的《域外小说集》都损失了。许先生的家况较好，鲁迅先生常说，许先生在求学时代，已经穿鼻烟色呢制成的西服了。鲁迅先生直到晚年，少年时代的同学还时时见面，情谊之厚不减当年，思想行动与少年时代无多出入的，恐怕只有许季茀先生一人。

还有一位是陈公侠先生（仪）。陈先生与鲁迅先生情谊之厚，几与许先生不相上下。不过陈先生学军事，回国以后又带兵，又主持中央军政，地方行政，工作的性质相差太远，过从便没有许先生那么多了。鲁迅先生度着战斗的生活，处处受绅士们的压迫，大学教授中绅士居多，使他不能好好的教书，批评家中绅士也多，使他不能好好的创作。被绅士们包围得水泄不通的时候，好像我们在敌机临空时想念防空洞一样，他常常会想念他的幼年同学时的好朋友，说："不教书了，也不写文章了，到公侠那儿做'营混子'去了！"我从前没有听见过"营混子"的名称，鲁迅先生给我解释，我想这也无非为要达到敢说敢笑敢爱敢恨的无可奈何时的一个理想的无职业的职业而已。

今天暂时讲到这里为止，诸位，再见。

（选自《鲁迅先生二三事》，作家书屋1944年版）

鲁迅先生逝世五周年杂感二则

"托尼学说魏晋文章"

从前刘半农先生赠给鲁迅先生一副联语，是"托尼学说，魏晋文章"。当时的友朋都认为这副联语很恰当，鲁迅先生自己也不加反对。

所谓"托尼学说"，"托"是指托尔斯泰，"尼"是指尼采。这两个人都是十九世纪思想界的巨星，著作都极宏富，对于社会的影响都深而且大。鲁迅先生的思想之博大精微，自然与他们相比也很恰当。而鲁迅先生在学生时代，很受托尼二家学说的影响。

鲁迅先生研究汉魏六朝思想文艺最有心得，而且他所凭借的材料都是以前一般学人不甚注意的，例如小说、碑文、器铭等等。尤其对于碑文，他所手钞的可以说是南北朝现存碑文的全部，比任何一家搜集的都丰富。而且工作态度最为精审，《寰宇访碑录》和《续录》所收的他都用原拓本一一校勘过，改正许多差讹以外，还增出不少的材料。因此在他的写作上，特别受有魏晋文章的影响。

托尼二家的学说，一般的说法，是正相反对的。尼采的超人论，推到极端，再加以有意无意的误解，在德国，便成了上次大战前的裴伦哈特的好战论，和这次纳粹主义的侵略论。鲁迅先生却特别欢喜他的文章，例如萨拉图斯脱拉语录，说是文字的刚劲，读起来有金石声。而他的学说的精髓，则在鼓励人类的生活、思想、文化，日渐向上，不长久停顿在琐屑的，卑鄙的，只注意于物质的生活之中。

至于托尔斯泰的大爱主义，那是导源于基督教的精神，与后来思想上的平民主义，民族自决主义，国际平等主义，都有精神上的联系。直到现在二次大战时的反侵略阵线，例如对于欧洲被侵略的各小国，虽然它们的军事势力已在国内早被侵略国家所摧毁，还尽量的设法支持它们反侵略的微薄势力，以期共同消灭侵略国家的暴力与野心，这还可以说与托尔斯泰的大爱主义有密切的关系。

托尼学说的内容既有很大的不同，而鲁迅先生却同受他们的影响，这在现在看来，鲁迅先生确不像一个哲学家那样，也不像一个领导者那样，为别人了解与服从起见，一定要将学说组成一个系统，有意的避免种种的矛盾，不使有一点罅隙；所以他只是一个作家，学者，乃至思想家或批评家。

鲁迅和我们

鲁迅先生始终是一个作家，学者，乃至是一个思想家或批评家。他对于国家民族，对于社会，对于人类，都有热烈真诚的爱。而对方所以答覆他的，却只是冷淡。这也很平常，个人爱国家民族，爱社会，爱人类，原不一定希望对方有冷淡以外的其他答复。鲁迅先生尝说，他只会"呐喊"，意思是说，他决不揭橥一个什么，大声疾呼曰：道在是矣，大家都随着我来。那是英雄，那是权威，那是领导者。他们所要求于对方的是信仰，是服从，是崇拜。他们对于国家民族，对于社会，对于人类，除了"爱"以外，还该加上一些别的东西。鲁迅先生自己知道不是他们，所以对于这些别的东西，据我的看法，他并不曾努力加以培养，寻求或获得。对方答复他的冷淡，他也并不介怀。

因为鲁迅先生是作家、学者，乃至思想家、批评家；他遗留给后人的是许多作品，他的全集早经出版；后人如将对他发生关系，最适当的凭借便是他的全集。

如果也和鲁迅先生生前一样，对方凭借了他的作品而答复他的只是冷淡，那在鲁迅先生也不是意外；除了冷淡，还有赞成与反对；或反对多于赞成，或赞成多于反对，或先反对而后赞成，或先赞成而后反对，那在鲁迅先生也都不是意外。这都是可能的，也都是合理的。

反对之不足，而至于攻击，赞成之不足，而至于崇拜，这些在鲁迅先生生前也都有过，以文字问世的人对于这些答覆自是早在意中的。但或有未见作品而即加以攻击的，亦有未见作品而即加以崇拜的，鲁迅先生是最觉着怅惘而不知所可的了。

（选自《鲁迅先生二三事》，作家书屋1944年版）

追念鲁迅师

　　我最初认识鲁迅先生是在一九一一年。那年，清王朝被推翻了，鲁迅先生被派到他的家乡绍兴初级师范学堂任堂长，而我正在这学堂上学。记得鲁迅先生到校和全校学生见面的那一天，穿一件灰色棉袍，西式长裤，东方式的皮鞋。那天先生的谈话简明有力，同学们欢迎新堂长的热烈情绪至今还似历历在目。

　　从此，我和其他同学一样受到先生许多的启示和教诲，由于当时我还担任级长，所以和先生接触尤多。不久，鲁迅先生就辞去了堂长的职务。后来才知道先生办交代的时候，学堂里只剩了一毛多钱；政府欠付学款，全靠先生的辛苦撑持，学校才维持下来。那时的社会，一切都很混乱，旧势力又在趁机抬头，青年们一般都陷在苦闷之中。

　　一九一二年，先生受聘到教育部工作，后来还兼北京大学等校的讲师。过了几年，我也到北京大学上学，这样就又继续得到聆听先生教导的机会。即使我后来到社会上作事，也仍然常到先生家里走动问候，有时就在先生处吃饭谈天。先生对于我们丝毫没有架子，在亲切中又使人感到严肃，所以，我们总是把他看作自己的长辈。每逢这种闲谈的时候，他就纵情畅谈，上下古今，无所不涉。就在这些随意的谈话中，使我得到了许多知识，并从对那些日常具体事情的议论中领悟出许多做人的道理。他那略现苍白然而开朗的脸色，和他那包含着极为深邃的真谛的谈话，一起深深地铭刻在我的脑中。

资产阶级领导的一九一一年的革命推翻了清王朝，表面上似乎胜利了，但是时间愈久，这个革命的后果也愈发清楚了。它所建立起来的共和国不过是一块空招牌，封建的统治机器基本上都保存了下来；而军阀的杀戮攻伐也越来愈频繁。先生对此感到极为苦痛沉闷，他到北京的头几年，就住在绍兴会馆过着抄古碑的生活，但是对于国家、民族的命运仍是无限关注的；先生表面上仿佛异常孤冷，实际上内心生活却是始终热烈的，仿佛地球一般，外面是地壳，里面是熔岩。这熔岩是创造的源泉，有内在的力，有内在的光，有内在的热，一旦燃起将是无穷而炙烫的。

在这种情况下，他曾不止一次和我谈起对革命的看法。他深深感到一九一一年辛亥革命的结果所以如此之坏，是因为革命者没有联系群众，没有到群众中去做宣传鼓动工作。革命者为群众奋斗而牺牲了，但尚未觉悟的群众却不知道这牺牲为的是谁。尽管群众在反动统治的桎梏下已经有了强烈的不满和反抗的要求，但却没有机会得到表现。结果革命成为有名无实的东西。这也是革命者的悲哀。说到这些，先生总是深为叹息，并陷在沉思之中。

后来，我才知道先生这时就已在酝酿一种思想：他在深刻地观察分析中国当时的社会和人生，他在竭力探索人们的灵魂。他感到中国人民默默的生长、萎黄、枯死，就像压在大石底下的草一样，已经有四千年了。他为之悲愤忧痛，于是他想刻画出这样沉默的人们的灵魂来。于是他就以这个病态社会中不幸的人们为题材，描写他们的善良性格和悲惨遭遇，描写他们的弱点和坏习性，目的是为了揭出病苦，引起疗救的注意。他期待并且激励群众的觉悟。这样的思想，后来就渗透在他的许多小说创作和杂文评论中。

一九二〇年以后，我在北京主编《晨报副刊》。鲁迅先生是这个副刊的重要的、经常的撰稿人，他撰写文章是为了提倡学术空气，来推进当时的思想革命运动和文化革命运动，在这里决不含丝毫名利观念，也不计较任何毁誉。这也是他对待一切事业的一贯态度，这是在他的一生中到处可以看得出来的。

这时，他写的稿，除了登在《新青年》上的以外，大都寄给《晨报副刊》了。有杂感、小说，也有译文。杂文集《热风》中的大半文章以及像卓越的世界名著、曾经轰动整个知识界的《阿Q正传》都是最早发表在《晨报副刊》上的。《阿Q正传》是用巴人的笔名发表的，从一九二一年十二月四日起到一九二二年二月十二日每星期或每两星期刊登一次，连续载完的。这是我做编辑工作中最难以忘怀的一件事情。

鲁迅先生在《阿Q正传的成因》中曾说到我每周要去催稿，其实也不尽然。先生写作从来都是勤奋认真的，白天办公、教书、接待朋友来访，晚上写作往往到深夜以至东方发白，方始搁笔休息。所以，他写文章，无须别人催逼，那时，我每周总要去先生处，而去时先生的文章总已写成由我带回，甚至有时就早早寄给了。

当我得到《阿Q正传》的第一章时，像读先生别的杂文一样，可以感到其对许多社会现象的尖锐批判和辛辣嘲弄，但还未感觉到其更深的含义。到了后来，第二章、第三章……陆续写出来了，这时我才逐渐感悟到先生寄寓在这篇小说中的宏大意图和精深思想。阿Q，这个形象就是他这几年来所不断谈起的那种已有反抗要求，但尚未真正认识到正确的革命途径的群众的典型，就是他所深为悲愤的被压迫被侮辱的人民的一种类型；他也深刻地写到了阿Q的弱点和坏脾气；但他对其又是抱着何等殷切的期望，认为中国倘不革命，阿Q便不做革命党，既然革命，就会做的。认为阿Q的命运，也只能如此。在这篇杰作中，先生对祖国、民族、人民的满腔热忱和宽大仁爱的胸怀，真个是完全倾泻了出来。我每次接到先生的续作时，就像捏着一团正在喷射燃烧的岩浆似的，为之感到不安和激动，只有作品付印出来以后，方始安心下来。接着是大量的读者来信和各报刊的评论，大部分是热情的赞叹，也有表示慄慄危惧，以为《阿Q正传》是专门嘲骂他自己，因而探听询问作者是谁，表示抗议。这时，我又感到一种新的激动和快意，我深深意识到先生的作品成功了，正因为他对中国社会的剖露深刻，因此才会引起那么多，那么强烈的反响；我也深深意识到这将是一剂疗救中国社会的良药，它将使人振奋，觉醒。但是这部不朽的杰作所显示出来更深刻更广泛的影响，我还是到后来才渐渐觉察到的。

　　想到这些，就觉得先生的音容笑貌都在眼前，他的遗训仍似在耳边回响。虽然，先生逝世已有二十五年了，但是，鲁迅先生实在并没有离开我们。

（原载于1961年9月24日《中国青年报》。选自《鲁迅先生二三事》，

湖南人民出版社1980年版）

五四运动中的鲁迅先生

　　五月四日，我参加天安门大会以后，又参加了示威游行。游行完了，我便到南半截胡同找鲁迅先生去了，我并不知道后面还有"火烧赵家楼"的一幕。晚上回到宿舍，才知道今天这后一幕是轰轰烈烈的，而且有一大批同学被反动军警捕去了，运动这才开始呢。

　　鲁迅先生详细问我天安门大会场的情形，还详细问我游行时大街上的情形，他对于青年们的一举一动是无时无刻不关怀着的。一九一九年他并没有在大学兼任教课，到他那里走动的青年大抵是他旧日的学生。他并不只是关怀某些个别青年的一举一动，他所无时无刻不关怀着的是全体进步青年，大部分是他所不认识的、也是大部分不认识他的那些进步青年的一举一动。他怕青年上当，怕青年吃亏，怕青年不懂得反动势力的狡猾与凶残，因而敌不过反动势力。

　　鲁迅先生在《新青年》上发表文章，给予青年的印象是十分深刻的。青年们常常互相询问："唐俟到底是谁呢？谁的文章有这样深刻呢？"陈独秀、胡适之写文章，主张用真名字，决不会再用笔名发表文章的。钱玄同、刘半农虽然都爱弄玄虚，但文章的格调都不象。于是在文科教授名单中，从本科找到预科，又在法科和理科的教授名单中去想，都没有一个相像的。有人说这一定是蔡元培的笔名，因为他身居校长地位，不便轻率发表文章，所以只好把真名隐去，但文章的格调也完全不象。

还有一个问题是"唐俟"和"鲁迅"会不会是一个人？唐俟大抵写论文、写新诗、写随感；鲁迅则写小说、也写随感，而两个人的用词造句和思想内容又很有相像之处，也许这两个人只是一个人的笔名吧？那么这一个人到底是谁呢？

这种问题在青年们的头脑中转动，足见这一个人的文字已经在青年的心理上起了共鸣，青年们已经接受了他的思想领导。我是早已知道这秘密的了，但我决不随便对人说。那时我是一个头脑简单的毫无革命经验的学生，决不会了解"保密"的意义有何等重大，也决不会了解一个革命的同志在敌人营垒里面工作又有何等重大的意义，只是直觉地知道万一传播开去一定要出岔子，所以最好不说。但我从青年同学的谈论中知道他们对于这位隐名的作家真是五体投地的佩服和信赖了。

在一九一九年五月四日以前，鲁迅先生在《新青年》上发表的文字一共有三十一篇，其中论文一篇、诗六篇、小说三篇、随感二十一篇。这些文字都是内容十分饱满，文笔十分精炼，革命性十分强烈，每一篇都在青年思想上发生影响的。随感二十一篇后来都收到《热风》中，小说三篇（《狂人日记》《孔乙己》《药》）收在《呐喊》中，诗六篇收在《集外集》中，论文一篇（《我之节烈观》）收在《坟》中，这些文字，反映了当时鲁迅先生的坚韧的斗争精神。鲁迅先生在《热风》的《题记》中讲到这几十篇随感时说："我在《新青年》的随感录中做些短评。还在这（按指"一九一九年五月四日北京学生对于山东问题的示威运动"）前一年，因为所评论的多是小问题，所以无可道，原因也大都忘却了。但就现在的文字看起来，除几条泛论之外，有的是对于扶乩、静坐、打拳而发的；有的是对于所谓'保存国粹'而发的；有的是对于那时旧官僚的以经验自豪而发的；有的是对于上海《时报》的讽刺画而发的。"

等到后来，"唐俟即鲁迅""鲁迅即周树人"这两个秘密被发现，那时鲁迅先生已没有再行隐蔽的必要，索性从敌人的反动营垒中撤退，到南方做革命工作去了。但在五四运动前后，用唐俟和鲁迅两个笔名所发表的几十篇文字，在青年思想界所起的影响是深远而广大的。

（原载于《中国青年》1953年第9期。选自《鲁迅先生二三事》，

湖南人民出版社1980年版）

鲁迅和当年北京的几个副刊

《晨报附刊》是一九二一年十月十二日正式出版的，翻开报纸，很多人不免奇怪：为什么报头是《晨报副镌》，报眉又是《晨报附刊》几个字呢？

原来《附刊》这名字是鲁迅先生取的。他认为《晨报》登载学术文艺的第七版，既然独立地另出一页四开小张，随同《晨报》附送，那么就叫《晨报附刊》吧！《附刊》也就是另外一张的意思。《晨报》总编辑蒲伯英的字写得不错，他亲自写了一个汉砖字体的版头，把"附刊"写成了"副镌"。为了尊重鲁迅先生的原意，所以报眉仍用"晨报附刊"几个字。

过去北京《晨报》登载学术文艺的第七版，最初是由李大钊同志主编。他到北大教书，兼做图书馆馆长之后，在一九二〇年就由我主编了。

那时，我们很想从这几方面把附刊的影响扩大到全报：第一，附刊是白话的；第二，附刊是加标点的；第三，附刊是学术性的但又比较趣味化，因为那时正是"五四"运动时代，很希望学术性、民主性的气味浓一点。

鲁迅先生对我们年轻人办报的热忱，总是极力帮助和支持。他那时写的稿，除了登在《新青年》上的以外，大都寄给《晨报附刊》了。有杂感、小说，也有翻译。象《阿Q正传》就是用"巴人"这个笔名在《晨报附刊》上连载的。

一九二四年十月，鲁迅先生写了一首诗《我的失恋》，寄给了《晨报附刊》。稿已经发排，在见报的头天晚上，我到报馆看大样时，鲁迅先生的诗被代理总编辑刘勉己抽掉了，抽去这稿，我已经按捺不住火气，再加上刘勉己又跑来说那首诗实在要不得，但吞吞吐吐地又说不出何以"要不得"的理由来，于是我气极了，就顺手打了他一个嘴巴，还追着大骂他一顿。第二天我气忿忿地跑到鲁迅先生的寓所，告诉他"我辞职了"。鲁迅先生认为这事和他有关，心里有些不安，给了我很大的安慰。事情虽是从鲁迅先生的文章开始，但实际上却是民主思想和封建思想的斗争。

《京报》听说我辞去了《晨报附刊》的职务，总编辑邵飘萍就来找我去办《京报副刊》。我觉得《京报》的发行数少（约三四千份，《晨报》有将近一万份），社会地位也不如《晨报》，很不想去。但鲁迅先生却竭力主张我去《京报》，他说，一定要出这一口气，非把《京报副刊》办好不可。一九二四年十二月五日，《京报副刊》就出版了。邵飘萍倒很能干，但帮忙的人不多，等于一个人办一个报，也没有什么规章、制度，经济也很困难，有时连稿费都没有。但是鲁迅先生却不在意这些，还是象支持《晨报附刊》一样地支持《京报副刊》，他发表了《咬文嚼字》（一至三）、《忽然想到》（一至十一）。《并非闲话》等，后来大都收集在《华盖集》和《华盖集续编》上。

一九二五年四月二十四日，鲁迅先生又在《京报》上办了一个《莽原》周刊。登载了一些对于旧社会和旧文化的批判文章。他自己写了《导师》《长城》《答K. S.君》《评心雕龙》等，他给许广平的信中说"我之以《莽原》起哄，大半也就为了想由此引些新的这一种批评者来……继续撕去旧社会的假面。"由此，我们可以看出鲁迅先生编辑《莽原》的目的。这个周刊一共出了三十二期，于一九二五年十一月二十七日止。以后在一九二六年一月改为《莽原》半月刊。

另外我们也想了一些栏目，使它更多样化一些，比如请当时学术界人士为"征求青年必读书十部"这栏，开列一些书单，又约青年们写"我爱读的十部书"，也加强了学术界人士和青年之间的联系。鲁迅写了篇《青年必读书》，目的是反对当时在胡适提出的"整理国故""进研究室"等反动口号的影响之下，形成的离开社会实践，埋头于故纸堆中的现象。

那时《京报》是倾向广东革命政府的，有很多关于南方革命情况的报道，其他有些杂文，随感也是针对段祺瑞而发的。所以《京报》从各方面获得了广大群众的支持，销路也增加了。《晨报》由于那时态度的改良，不但鲁迅先生不投稿了，就连其他的人也不爱给他们写稿，一九二四年春天，换了几次编辑，以后由徐志摩主编，也仍然没有起色。

一九二五年冬天，国民党左翼的机关报《国民新报》在十二月五日出版了。其副刊叫《国民新报副刊》，分甲乙两种，甲刊是社会科学，由陈启修主编；乙刊是文学艺术，由鲁迅和张定璜主编。这个报纸在当时算是革命的最前锋，战斗性是很强的，鲁迅除了主编以外，曾发表过《这个与那个》《公理的把戏》《有趣的消息》等文章，大都是对于当时时事的攻击和讽刺，这些文章以后都收集在《华盖集》和《华盖集续编》里边。

一九二六年，北伐前夕，国民党党部被封，《国民新报》也就在这年的二月十日停刊了。甲乙两种副刊共出版六十四期。

关于鲁迅和北京几个报纸副刊的情况，仅就我的记忆，谈到这里吧。

（子禾记）

（原载于1956年10月17日《北京日报》。选自《鲁迅先生二三事》，

湖南人民出版社1980年版）